SONAR

Sonar 39

Edo Popović, geb. 1957, lebt in Zagreb. Er war Mitbegründer einer der einflussreichsten Underground-Literaturzeitschriften des ehemaligen Jugoslawiens, sein erster Roman »Ponoćni boogie« (»Mitternachtsboogie« 1987) wurde zum Kultbuch seiner Generation. 1991–1995 war Edo Popović einer der bekanntesten Kriegsberichterstatter Kroatiens, anschließend veröffentlichte er mehrere Romane und Erzählbände. Edo Popović gilt als Kroatiens Stimme der gesellschaftlichen Transformation nach der Wende.

Mascha Dabić, geboren in Sarajevo, Studium der Translationswissenschaft (Englisch und Russisch) in Innsbruck, Wien, Edinburgh und St. Petersburg. Übersetzt Literatur aus dem Balkanraum, lehrt Russisch-Dolmetschen und Übersetzen an der Uni Wien. Mit ihrem Debütroman »Reibungsverluste« landete sie auf der Shortlist Debüt des Österreichischen Buchpreises 2017.

Edo Popovic

Das Leben

traduki

Die Herausgabe dieses Werks wurde gefördert durch TRADUKI, ein literarisches Netzwerk, dem das Bundesministerium für europäische und internationale Angelegenheiten der Republik Österreich, das Auswärtige Amt der Bundesrepublik Deutschland, die Schweizer Kulturstiftung Pro Helvetia, die Interessengemeinschaft Übersetzerinnen Übersetzer (Literaturhaus Wien) im Auftrag des Bundesministeriums für Kunst, Kultur, öffentlichen Dienst und Sport der Republik Österreich, das Goethe-Institut, die S. Fischer Stiftung, die Slowenische Buchagentur, das Ministerium für Kultur und Medien der Republik Kroatien, das Ministerium für Gesellschaft und Kultur des Fürstentums Liechtenstein, die Kulturstiftung Liechtenstein, das Ministerium für Kultur der Republik Albanien, das Ministerium für Kultur und Information der Republik Serbien, das Ministerium für Kultur Rumäniens, das Ministerium für Bildung, Wissenschaft, Kultur und Sport von Montenegro, die Leipziger Buchmesse, das Ministerium für Kultur der Republik Nordmazedonien und das Ministerium für Kultur der Republik Bulgarien angehören.

Originaltitel: Kako sam brojio ružičaste robote
erschienen bei OceanMore, Zagreb 2021

Deutsche Erstausgabe

Lektorat: Leif Greinus
Korrektorat: Barbara Häusler
Umschlaggestaltung: HawaiiF3
Satz: Fred Uhde
Druck und Bindung: BALTO print, Vilnius

ISBN 978-3-86391-375-5

www.voland-quist.de

DAS LEBEN: ES LEBE!

SONAR

ROMAN

AUS DEM KROATISCHEN VON MASCHA DABIĆ

EDO POPOVIĆ

ERSTER TEIL:

ERWACHEN

Als ich an jenem Morgen die Augen aufschlug, erblickte ich leuchtende Monitore, Kabel, Stäbe, Konsolen, Vorhänge, Röhren. Ich erschauderte. Das war meine erste Gefühlsregung. Ich wusste nicht, wer ich war, was ich war, wo ich war und was das alles zu bedeuten hatte. Ich konnte mich nicht erinnern, wann ich zuvor schlafen gegangen war und auch nicht, was ich zuvor getan hatte, an gar nichts konnte ich mich erinnern, es gab kein Vorher, keine Vergangenheit. Es gab das Erwachen, und danach bloß Schaudern und Schüttelfrost. Ich schwebte in einer eisigen grauen Suppe und zitterte, aus meinem Inneren stieg Übelkeit empor.

Dann verspürte ich einen fürchterlichen Kopfschmerz. Da war etwas, das unerbittlich gegen meine Schläfen drückte und versuchte, meinen Schädel zu zermalmen. Ich griff mir an den Kopf, meine Handflächen berührten die glatte Oberfläche von etwas, von einem Helm, mutmaßte ich. Ich versuchte, den Helm abzunehmen, ich zog, drehte, zerrte, alles umsonst, der Helm schien mit meinem Kopf verwachsen zu sein. In der Vene meines Unterarms steckte ein dünner Plastikschlauch, der zu einem Säckchen führte, das mit farbloser Flüssigkeit gefüllt war und an einem Metallgestell hing. Ich drehte mich um. Ich befand mich in einem Glaskäfig, an dessen Wand von außen POLIZEI geschrieben stand. Dieses Wort kannte ich. Wieso Polizei, dachte ich, was hatte ich bei der Polizei zu suchen?

Erst da wurde mir bewusst, dass ich in einem Bett mit erhöhtem Kopfende lag und mit einem Laken bedeckt war. Ein

Blick unter das Laken offenbarte mir, dass ich nichts anderes am Körper trug außer einer Windel, von der ein brauner Gummischlauch ausging, dessen Ende irgendwo außerhalb des Bettes lag. Das ist verrückt, dachte ich, das kann nicht sein, das muss ein Traum sein, es kann nur ein Traum sein, bald werde ich zu Hause aufwachen, in meinem Bett, und alles wird wieder in bester Ordnung sein.

Aber nichts war in Ordnung. Ich bin noch immer in meinem eigenen Traum gefangen, dachte ich. Eine Zeit lang versuchte ich fieberhaft, eine Möglichkeit zu finden, aus dem Traum zu erwachen, ich zappelte, bog und verkrampfte mich. Als mir schließlich klar wurde, dass ich keineswegs träumte, begann ich zu schreien. Ich muss jemanden herbeirufen, dachte ich, jemand muss mir erklären, was das soll. Falls es überhaupt irgendwen gab, an diesem grauenerregenden Ort. Aber eine Maske dämpfte meine Schreie. Erst da tauchten zwei Personen in weißen Kitteln auf. Hoffnungsvoll fuchtelte ich mit den Armen, schrie, doch sie achteten nicht auf mich und glitten geräuschlos weiter. Ärzte tragen doch weiße Kittel, dachte ich. Dann studierte ich die Aufschrift auf der Glaswand genauer und erkannte, was da wirklich geschrieben stand: ISOLATION.

Ich wusste noch immer nicht, wo ich mich befand und wie und warum ich hier gelandet war, ich war jedoch auf eine bescheuerte Weise felsenfest davon überzeugt, dass es sich um ein Missverständnis handeln musste, dass ich durch einen dummen Fehler hier war, vermutlich war es ein administrativer Fehler gewesen, hundertprozentig war es das, wie wenn die eigene Bankkarte gesperrt würde, weil jemand anderer, dessen Identifikationsnummer sich bloß um eine Ziffer unterschied, Schulden hatte, oder irgendein Bürokrat hatte sich irgendwo vertippt, aber ganz egal, die Situation war unangenehm, dein

Konto war gesperrt, und so lag ich also irgendwo, hatte eine Windel um die Hüfte und eine Maske über meiner Schnauze an und hegte eine vage Hoffnung, dass diese Angelegenheit sich bald klären würde, jemand das Missverständnis auflösen würde und ich endlich nach Hause gehen konnte.

Aber wohin nach Hause, dachte ich. Wo ist das, zu Hause?

Da erst blitzte eine Erinnerung auf.

Ich saß im Rettungswagen, ein Techniker schloss mich an eine Sauerstoffflasche an, und ich sah durch die offene Hintertür des Wagens meine Frau Lila, die mit herabhängenden Armen vor unserem Wohnhaus stand, ich versuchte zu lächeln, ihr zu sagen, sie solle sich keine Sorgen machen, alles würde wieder in Ordnung sein. Sie sah nicht so aus, als würde sie mir glauben, sie wirkte verängstigt und schüttelte den Kopf.

Bevor das passierte, war ich tagelang in einem komaartigen, abgestumpften Zustand verharrt. Ich hatte im Bett gelegen und konnte nicht schlafen. Nachts saß ich am Bettrand, die Stirn gegen die Sessellehne gedrückt, und versuchte einzuschlafen, und tagsüber saß ich im Sessel und wartete auf die totale Erschöpfung, sodass ich mich ins Bett legen und einschlafen konnte. Aber sobald ich mich hinlegte, bekam ich keine Luft mehr, musste also wieder aufstehen, und die ganze Sache ging wieder von vorne los. Es war Juni, die Nächte waren dennoch länger als die Tage, das heißt, die Nächte vergingen sehr langsam, während die Tage in Sekundenschnelle ausbrannten. Ich konnte nicht essen, mein Bauch war verkrampft, hart wie ein Knochen, ich nahm merklich ab. Dennoch behauptete ich Lila gegenüber steif und fest, ich bräuchte keinen Arzt, es würde sich bloß um eine flüchtige Schwäche handeln, ich wäre im Moment am Tiefpunkt der Welle, aber schon morgen würde ich mich erheben, schaumgebadet und erstarkt, wie die Wellen unter dem stürmischen Jugo-Wind.

Jedoch wurde ich von Tag zu Tag schwächer. Ich hielt mit Mühe meinen Kopf aufrecht. In manchen Augenblicken wusste ich nicht mehr die Namen der Dinge, die ich gerade betrachtete. Lila erzählte mir später, ich hätte immer wieder gefragt, wo ich sei und welchen Tag wir gerade hätten. Zwischen der Außenwelt und mir entstand allmählich eine Membran, die meine Gefühle betäubte. Ich bewohnte einen Raum voller Sachen, die ich nicht greifen konnte. Wenn ich nach ihnen griff, dehnte sich der Raum zwischen uns aus wie Gummi. Als würde meine Handbewegung eine starke Gegenkraft verursachen, konnte ich bloß wie benommen zusehen, wie die Gegenstände sich entfernten. Außerdem hatte ich nächtliche Halluzinationen. Lila erzählte mir später, ich hätte einmal verlangt, man möge den Zaun entfernen, den einige Menschen um mich herum errichteten. Ein anderes Mal versuchte ich sie davon zu überzeugen, ich wäre ein Kriegsgefangener und man würde mich in einem Geheimgefängnis in Isolationshaft festhalten. Mein Körper zeigte mir zwar deutlich, dass jeder neue Tag nicht etwa eine Option für eine Verbesserung war, sondern ein weiterer schwerer Schlag gegen den Kopf, dass ich am Ende unter den Schlägen zusammenbrechen würde und dass dieser Tag bald kommen würde, und dennoch unternahm ich nichts. Ich saß hilflos da und wartete. Und dann hatte Lila gesagt: Jetzt ist es genug, ich rufe jetzt die Rettung.

Durch das hintere Fenster des Rettungswagens sah ich, wie die Häuserlandschaft, in die ich normalerweise früher als Autolenker hineinfuhr, sich nun zunehmend von mir entfernte. Danach sah ich Hochhäuser im Stadtteil Zapruđe und Wolken über ihnen. Und dann verlor ich das Bewusstsein.

Der Glaskäfig, in dem ich wieder zu Bewusstsein kam, war die Intensivstation. Das erklärte mir die Ärztin, die an besagtem Morgen mit einem Anhang, bestehend aus anderen Ärzten und Studenten, zu mir kam und mich vom Respirator befreite, und während sie mir alles erklärte, zeigte sie mir die Maske, aus der ein verrunzelter Schlauch hinunterhing, wie ein Rüssel.

Dank diesem Ding hier sind Sie noch immer am Leben, sagte sie.

Es war nicht das erste Mal, dass ich dieses Gerät sah, denn meine Mutter hatte es in den letzten Tagen ihres Lebens ebenfalls verwendet. Sie konnte diese Maske nicht ausstehen. Die Erinnerung durchzuckte mich.

Wie lange bin ich schon hier, fragte ich, als ich mich wieder sammeln konnte.

Seit zwei Tagen, antwortete die Ärztin.

Ich war noch immer schwach. Meine Hände zitterten, ich konnte kaum sprechen, und ich war nicht in der Lage, Lila anzurufen oder ihr eine Nachricht zu schicken. Ich konnte das Bett nicht verlassen. Die große Notdurft verrichtete ich in die Windel, für das Urinieren hatte ich einen Katheter. Die Krankenschwestern wechselten meine Windeln, wuschen mir Gesicht und Körper. Sie gaben mir auch zu essen. Ich erhielt eine Infusion, schluckte Tabletten. Schlaf und Wachsein wechselten sich ohne einen bestimmten Rhythmus ab. Einmal wachte ich auf, weil ich eine Bewegung spürte. Es war kein Laut zu hören, da war nur dieses Gefühl, dass etwas passierte. Es war Nacht, ein blassgrünes Licht durchflutete die Station, über dem Bett flackerten Diagramme und Zahlen auf den Bildschirmen, eine Kurve für den Sauerstoffgehalt im Blut, eine für den Puls, eine für den Blutdruck … Ich drehte mich zur Seite. In der Box neben mir standen drei Krankenschwestern neben dem

Bett und schauten einer vierten dabei zu, wie sie versuchte, einen Patienten wiederzubeleben. Ich konnte sein Gesicht im Profil sehen, große Nase, dichter Bart und Schnauzer. Die Krankenschwestern standen reglos da und sahen stumm dabei zu, wie die vierte mit ihren Händen das stehengebliebene Herz zum Weitermachen animieren wollte. Ich konnte meinen Blick nicht von dieser Szene abwenden. Am Ende gaben sie auf, verließen die Box und entfernten sich über den Gang. Ich drehte mich wieder auf den Rücken und schlief ein.

Na gut, dachte ich am nächsten Morgen, als mir die nächtliche Szene wieder einfiel, hier wird gestorben. Aber das bedeutet, hier wird auch geboren. Gibt es denn überhaupt einen Ort, an dem nicht sowohl gestorben als auch geboren wird? Ein Ort, wo es nichts gibt, ein Un-Ort. Der Gedanke an eine solche Möglichkeit beunruhigte mich mehr als der Zustand, in dem ich mich gerade befand. Das menschliche Gehirn ist nicht in der Lage, sich das Nichts vorzustellen, die Unendlichkeit des leeren Raums, wie das Nichts fälschlicherweise beschrieben wird, sondern ganz im Gegenteil – die Abwesenheit von Raum, Materie, Gestalt, die Abwesenheit von irgendetwas, also das, was angeblich dem großen Urknall vorausgegangen war. Der Gedanke an dieses unvorstellbare Nichts beunruhigte mich. Ich weiß nicht warum, es ist auch nicht weiter wichtig, wichtig ist nur, dass ich mir falsche Gedanken über etwas Unvorstellbares machte, etwas, das mich zudem beunruhigte und ängstigte. Konnte es denn sein, fragte ich mich, dass dieser Un-Ort womöglich genau das war, woraus ich in diesem Bett, in diesem Käfig erwacht war? War es womöglich der Tod selbst? Ich war schon tot gewesen, aber man hatte mich von den Toten zurückgeholt. Plötzlich verstand ich: Das Schaudern, das ich empfunden hatte, war nicht durch den Ort, an dem ich erwacht war, verursacht worden, sondern durch den Ort, aus dem heraus ich erwacht war. Daher stammte die Angst.

Ich bekam eine Infusion. Eine farblose Flüssigkeit tropfte langsam herunter. Meine Unterarme waren mit blauen Flecken übersät, es sah aus wie eine verschwommene, misslungene Tätowierung. Ich fragte die Krankenschwester, woher das kam. Sie erklärte mir, die Krankenschwestern hätten wiederholt mit der Nadel reinstechen müssen. Als Sie eingeliefert wurden, mussten wir erst eine Vene finden, sagte sie. Bei Ihnen ist das schwer zu finden gewesen, und angesichts dessen, wie Sie bei Ihrer Einlieferung drauf waren, hatten wir keine Zeit für Streicheleinheiten.

Gestern nahmen sie mir die Windel und den Katheter ab, jetzt benutze ich einen Nachttopf für meine Notdurft. Die Toilette liegt noch immer außerhalb meiner Reichweite, aber dafür kann ich schon seit einigen Tagen selbstständig essen. Ich kann auch schon über SMS-Nachrichten mit Lila kommunizieren. Ich mache Fortschritte. Ganz zu schweigen davon, dass ich nach vielen schlaflosen Tagen und Nächten und nach unzähligen Versuchen, im Sitzen einzuschlafen, endlich wieder ausgestreckt schlafen kann, in voller Länge. Was für ein Vergnügen, was für ein Glück.

Allerdings bilde ich mir inzwischen ein, Musik zu hören. Die Musik ertönte aus der Ferne, es war eine sehr leise, feierliche, melancholische Melodie, ich konnte ganz klar eine Harfe und sehr zurückhaltende Blasinstrumente heraushören. Zuerst dachte ich, die Krankenschwestern hätten in ihrer Box das Radio eingeschaltet. Aber da die Musik sich wiederholte, da ich sie Tag und Nacht hörte, und da ich, wie sich herausstellte, der Einzige war, der sie hören konnte, begriff ich irgendwann, dass das Orchester nur in meinem Kopf spielte. Außerdem begann ich abends beim Einschlafen, Adler zu sehen. Die riesigen Vögel versammelten sich über meinem Bett, in einem Raum, der nicht mehr durch die Zimmerdecke und die Wände abgegrenzt war. In solchen Augenblicken hörte die Intensivstation auf zu existieren, es gab keine Glaswände mehr, keine anderen Betten, keine Patienten, keine Krankenschwestern, es gab nur noch das Bett, in dem ich lag, den unendlichen Himmel, und diese riesigen Vögel, die auf unsichtbaren Ästen saßen und mich beobachteten. Ich muss wohl nicht betonen, dass ich den Krankenschwestern und den Ärzten nichts von den Vögeln erzählte.

Abgesehen von den stressigen Situationen, die entstanden, wenn ein neuer Patient eingeliefert wurde, herrschten auf der Intensivstation Tag und Nacht Ruhe und Stille. Ganz im Gegensatz zu der regulären Klinikstation, in die ich später verlegt wurde, sobald die Ärzte zu dem Schluss gekommen waren, dass ich mich ausreichend erholt hatte, selbst essen konnte, keinen Nachttopf mehr benötigte, stark genug war, allein zur Toilette zu gehen.

Ich kam in ein Dreibettzimmer ohne Glaswände, ohne Monitore, Respiratoren und alle anderen Dinge, die einem in Erinnerung rufen, dass das Leben zwar eine massenhafte, jedoch fragile Erscheinung ist. Dafür, dass ich diese Tatsache nicht ganz vergessen konnte, sorgte ein Glaszylinder mit einer Wasserquelle, der über meinem Bett angebracht war. Im Zylinder steckte ein Gummiröhrchen, das Sauerstoff zu meinen Nasenlöchern transportierte. Ich konnte noch immer die Musik hören, und die Adler schwebten weiterhin nachts über meinem Bett. Neuerdings sah ich außerdem in den Blättern der Birke vor dem Fenster das Gesicht eines Jungen, ein blasses, ausdrucksloses Gesicht, das aus der Baumkrone herausschaute, mit Augen, Mund, Nase und allem, was dazugehörte, ein Gesicht, das auch dann nicht verschwand, wenn die Birkenblätter im Wind flatterten. Auch über das Gesicht sprach ich mit niemandem.

Neu war außerdem, dass ich zwei geräuschvolle Zimmernachbarn bekam.

Einer von ihnen war wirklich unerträglich. Abgesehen davon, dass er immer wieder fragte, wo er denn überhaupt war

Sie sind im Krankenhaus, in der Station für Lungenkrankheiten,

antworteten die Krankenschwestern, der andere Zimmernachbar und ich unisono, aber er wunderte sich dennoch,

im Krankenhaus, was soll ich denn im Krankenhaus,

und sobald es Nacht wurde, führte er einen richtigen Zirkus mit seinen Erstickungsanfällen auf.

Hilfe, ich ersticke, ich bekomme keine Luft, rief er lauthals, riss sich die Kanüle aus den Nasenlöchern, sprang aus dem Bett und rannte zum offenen Fenster, wobei er versuchte, die gesamte Luft aus dem Park einzuatmen, mit dem Ergebnis, dass er noch weniger Luft bekam.

Ein klassisches menschliches beschissenes Dilemma, würde ich sagen. Die Unersättlichen und die Gierigen werden am Ende von ihrer Unersättlichkeit und Gier zur Strecke gebracht. Die Sache ist die: Bevor du etwas nimmst, musst du etwas geben, so lautet das Gesetz der Natur. In diesem Fall musst du sogar noch viel mehr geben als das, was du nehmen wirst; das heißt, du musst lange ausatmen und dann kurz einatmen. Nur so erlangst du wieder ein Gleichgewicht, dann ist alles wieder tipptopp, super und schön. Jedoch ist das nicht menschlich, es ist dermaßen nicht menschlich, dass vor lauter Wut das Herz zerspringt, die Fäuste sich verkrampfen und die

Tränen fließen. Was ich meine, ist, es ist nicht menschlich, so viel zu geben und so wenig zu nehmen. Meinem unglücklichen Zimmernachbarn hätte es, so wie jedem anderen Menschen auch, genügt, lediglich einen kurzen, ruhigen, weichen, kaum hörbaren Atemzug zu machen, bloß eine Handvoll Luft, ein halber Liter Luft. Aber nein, er wollte ein ganzes Fass, eine Zisterne, einen Tanker, er wollte die gesamte Luft unter der Ozonkappe, und da war er nun, brüllte, zog Grimassen, rief um Hilfe, helft mir doch, du lieber Himmel, und weckte damit die gesamte Station.

Hätte ich eine Knarre gehabt, ich hätte auf ihn geschossen, hätte ich mehr Kraft gehabt, wäre ich aus dem Bett gestiegen und hätte ihn aus dem Fenster geworfen, so aber lag ich bloß da und fluchte wütend, während ich zusah, wie die Krankenschwestern ihn vom Fenster wegholten, wieder ins Bett brachten, seine Kanüle wieder an der Nase befestigten, ihn mit dem Leintuch bedeckten und beschwichtigten, ganz langsam, ruhig, einatmen durch die Nase, ausatmen durch den Mund, einatmen, ausatmen, Nase, Mund … Aber es half alles nichts, erst als er mit Beruhigungsmitteln vollgestopft wurde, schlief er ein, dann kehrte auf der Station wieder Ruhe ein, und alles war in bester Ordnung – solange die Beruhigungsmittel wirkten.

Wesentlich leiser, ruhiger und erträglicher war mein anderer Zimmernachbar, ein eher klein gewachsener Siebzigjähriger. Er lag die meiste Zeit nur da. Außer dass er Probleme mit den Lungen hatte, plagten ihn auch Durchfall und Blähungen, und in seinem Bauch und seiner Windel blubberte es unentwegt. Nach jedem Furz war sein leises Jammern zu hören: ajo-jojo-joj, ajo-jojo-joj. Er furzte und jammerte sogar im Schlaf, das Furzen war wohl Teil seiner Identität geworden. Einmal furzte er exakt in dem Moment, als die Krankenschwester seine Windel wechselte. Perfektes Timing. Sie wollte gerade die Windel entfernen, als die dünnflüssige bräunliche Masse herausschoss und teilweise auch auf ihrem Kittel landete. Die Krankenschwester war vollkommen schockiert. An sich sind Krankenschwestern abgebrühte, stabile, gefestigte Personen, die alles Mögliche erlebt und gesehen haben, ihre Nerven sind so fest wie Seile von Flugzeugträgern, und es ist äußerst schwer, sie zu schockieren. Aber das war sogar für eine Krankenschwester zu viel des Guten.

Pfui, du altes Stück Scheiße, schrie sie und machte einen Sprung zur Seite, die Arme auseinander, das Gesicht vor Ekel verzerrt.

Krepieren sollst du, du Drecksack!

Dann lief sie aus dem Zimmer.

Ajo-jojo-joj, sagte der Patient.

Er hatte es bestimmt nicht mit Absicht getan, davon war ich überzeugt. Wie ich schon sagte, das Furzen war ein Teil von ihm geworden, so natürlich wie Atmen, Blinzeln und Herzschlag.

Wie dem auch sei, in unserem Zimmer mangelte es nicht an interessanten Vorkommnissen. Man konnte nicht schlafen, es stank, aber zumindest wurde nicht gestorben. Aus unserem Zimmer kam man in der Regel lebend heraus. So verließ auch ich das Zimmer drei Wochen später – mit eingefallenen Wangen, entzündeten Augen, zitternden Beinen, abgemagerten Oberschenkeln, geschwollenen Unterschenkeln und Füßen voller Lymphe, zerstochenen Unterarmen voller blauer Flecken, mit trockener, aufgerissener Haut, aber, wie gesagt, noch immer am Leben. Was, wie ihr zugeben werdet, durchaus nicht zu verachten ist.

ZWEITER TEIL:

RÜCKZUG

Pfaue und Zitronenkuchen

Heute morgen steckte mich unser Sohn Sven mit einem Lied der Flaming Lips an, »Yoshimi Battles The Pink Robots«. Etwas sehr Beruhigendes und Entspannendes haftete diesem Lied an. Etwas, das die Ausschüttung von Melatonin in meinem Körper ankurbelte. Ich ließ das Lied den ganzen Morgen laufen.

Ist es dir nicht peinlich, die gleiche Musik zu hören wie die Kinder?, neckte mich Lila, als ich ihr von meiner Musiktherapie erzählte.

Nun ja, sagte ich, wir können natürlich einen Graben ausheben zwischen den jungen Leuten und uns, wir können ihre Kultur ablehnen und verachten, oder aber wir akzeptieren ihre Kultur und bleiben mit ihnen gemeinsam jung.

Die Jugend ist überbewertet, winkte sie ab.

Falls ich es noch nicht erwähnt habe, das, was mich fast umgebracht hatte, war eine Embolie gewesen. Zuerst tippten die Ärzte auf Corona. Gerade in jenen Tagen breitete sich das Virus über den gesamten Planeten aus, Millionen Menschen steckten sich an, und es wäre äußerst unseriös meinerseits gewesen, wo ich doch immer die großen Menschenmengen gemieden hatte, den Masseninszenierungen und Ritualen aus dem Weg gegangen war, den Massengeschmack, Massenwahn und überhaupt die Massenmode verachtet hatte, es wäre also äußerst unseriös und widerlich meinerseits gewesen, wenn ich in diesem Fall eine Ausnahme gemacht hätte, eingeknickt wäre und mich der Masse angeschlossen hätte; wenn ich, wie der Hund bei Chrysipp, zugelassen hätte, dass man mich an einen Karren festband, sodass ich nachher keine andere Wahl gehabt hätte, als mich mitziehen zu lassen.

Ich wurde wütend, als die Ärzte mir ihren Anfangsverdacht mitteilten.

O nein, entgegnete ich, nicht ohne Bitterkeit. Bitte nicht mit mir, sucht euch einen anderen.

Zum Glück, sage ich, war es eine Embolie. Meine jahrelange chronisch obstruktive Lungenerkrankung sowie die Blutgerinnsel in den Lungen hatten meinen Körper in ein Lager für Kohlenstoffdioxid verwandelt – mein bescheidener Beitrag zur Verringerung der Treibhausgasemissionen in der Atmosphäre. Aber als hätte das noch nicht gereicht, wurde bei mir auch ein Lymphom im Becken entdeckt. In dieser Sache war ich nun wirklich originell und einzigartig, und zwar mehr, als mir lieb sein konnte.

Es stellte sich heraus, die Blutgerinnsel im Blut waren das kleinere Übel. Man musste bloß den ersten Schlag überstehen, was mir, wie ihr seht, ja auch gelungen war, und den Rest würden die Tabletten erledigen. Was das Lymphom angeht, so habe ich letzte Woche mit der Chemotherapie begonnen. Bis heute Morgen war ich nicht sicher, wie ich mich zu dieser Angelegenheit verhalten sollte. Chemotherapie. Dieses Wort ruft Grauen hervor, es paralysiert, klingt wie eine Strafe, wie ein Todesurteil. Tagelang fühlte ich mich wie auf einer Gratwanderung, als müsste ich auf einem schmalen Pfad zwischen angsteinflößenden Schluchten wandern, und als wäre es nur eine Frage von Sekunden, wann ich in den Abgrund stürzen würde.

Und dann hörte ich dieses Lied aus Svens Zimmer.

In diesem Augenblick verspürte ich eine ungeheure Erleichterung, ich brach in Lachen aus. Es war so, wie wenn ihr eine Sache findet, nach der ihr lange gesucht habt, und es stellt sich heraus, sie war immer schon vor eurer Nase. So ging es auch mir, als ich endlich begriff, woher die Übelkeit stammte, die mich monatelang bedrückt hatte. Sobald ihr wisst, womit ihr es zu tun habt, und wenn ihr Erfahrungen mit schlechten Nachrichten habt, dann sieht die Sache plötzlich einfacher aus, das Problem erscheint lösbar. Ich spürte, wie mich eine totale Ruhe durchströmte. Ich erzählte es Lila.

Schon seltsam, sagte sie, wie wir aufgehört haben, auf unsere Intuition zu hören. Wenn wir in der Lage wären, die Signale, die unsere Gefühle und unser Körper uns senden, besser zu entziffern und ihnen mehr Glauben zu schenken, dann würde die Pharmaindustrie pleitegehen.

Lila ist der Pharmaindustrie und der westlichen Medizin gegenüber sehr skeptisch eingestellt, was, wie ich denke, darauf zurückzuführen ist, dass ihre Vorfahren serbische Hexen und mongolische Schamanen waren, aber immer, wenn ich das sage, leugnet sie es vehement, sie würde es niemals zugeben, nicht einmal, wenn man ihr die Nägel ausreißen oder sie bei lebendigem Leib verbrennen würde, was wiederum bloß eine weitere Bestätigung dafür ist, dass sie ein echter Spross ihrer Art ist.

Ich schrieb eine Mail an meine gute Freundin Christine. Darin berichtete ich ihr von Yoshimis Kampf gegen die Rosa Roboter und von meinem Lymphom. Sie antwortete mir.

»Nach Beendigung des intensiven Trainings im Kampf gegen die Rosa Roboter in einem französischen Hundert-Seelen-Dorf in der Nähe des Atlantiks, wo Pfauen mit Zitronenkuchen gefüttert werden, freue ich mich, meinen bescheidenen Beitrag leisten zu können: Kennst du die Kindergeschichte ›Jim Knopf und Lukas der Lokomotivführer‹? Jim Knopf musste gegen eine Piratenbande namens ›Die Wilde 13‹ kämpfen. Rate mal, wie es ihm gelungen ist, die Piratenbande zu besiegen? Man riet ihm, die Mitglieder der Wilden 13 abzuzählen. Er tat es. Und entdeckte dabei, dass es nur zwölf Mitglieder waren. Als er den Piraten seine Entdeckung mitteilte, gerieten sie dermaßen durcheinander, dass sie nicht mehr niederträchtig und bösartig sein konnten. Außerdem riss Jim Knopf eine Feder aus dem Hut ihres Anführers heraus, sodass die Piraten ihn nicht mehr erkennen konnten, wodurch sie noch mehr durcheinandergerieten. Also: Zähl deine Roboter ab. Womöglich tun sie nur so, als seien sie viele. Wenn es dir gelingt, sie davon zu überzeugen, dass es weniger von ihnen gibt, als sie selbst glauben, könnten sie auf einen Schlag gutartig werden. Und sollte das nicht funktionieren, dann reiß dem Anführer eine Feder aus dem Hut. Iss viel Zitronenkuchen. So kannst du dich zumindest in einen Pfau verwandeln. Und Pfauen können Zitronenkuchen essen.«

Die ganze Erde ist ein Heilmittel

Verabredet man sich mit jemandem zum Kaffee, endet es meist damit, dass aus dem Kaffee ein Bier oder ein Schnaps wird. Aber nicht immer. Der Kaffee mit Neven blieb ein Kaffee, ohne Einmischung von Alchemie.

Neven ist Aikidō-Lehrer, lebt im Frieden mit sich selbst und mit der ganzen Welt, und man muss über keine besondere Weisheit verfügen, um das zu begreifen, es genügt, bloß einige Minuten mit Neven zu verbringen. Eine Person, die ständig einer Sache nachrennt und andauernd Konflikte mit ihrer Umgebung ausficht, könnte eine solche Ruhe nicht ausstrahlen. Dieses Gefühl hatte ich ein Jahr zuvor verspürt, in den Julischen Alpen, in einer Berghütte in Kriški podi.

Damals wanderte ich mit viel Mühe aus dem Tal hinauf zu dem Felsplateau, ich war fast sechs Stunden unterwegs und wusste gar nicht, was mit mir los war, normalerweise benötige ich für einen solchen Aufstieg eineinhalb Stunden, maximal zwei. Nicht einmal im Traum dachte ich daran, dass eine Krankheit in meinem Inneren wucherte, ich schrieb meine schlechte Kondition meiner Tagesverfassung zu.

Am Abend geriet ich in der Berghütte an eine lärmende Gesellschaft, beschwipste junge Männer, die mit ihrer Tageswanderung auf die Spitze des Bergs Razor prahlten, ganz so, als hätten sie nichts Geringeres als den Nanga Parbat bezwungen, noch dazu mit Flip Flop-Sandalen an den Füßen. An ihrem Tisch lag Aggression in der Luft, also wollte sich niemand dazusetzen, obwohl noch weitere fünf Leute Platz gehabt hätten.

Lila und ich setzten uns so weit weg von ihnen, wie wir nur konnten. Und dann betrat Neven den Raum, mit einer Schüssel Brei in den Händen, den er soeben vor der Berghütte zubereitet hatte, und ohne in eine bestimmte Richtung zu blicken, näherte er sich den lärmenden jungen Männern, setzte sich in aller Ruhe in ihre Mitte und begann zu essen, vollkommen fokussiert auf seinen Brei.

Die Männer schauten ihn ungläubig an. Dann wechselten sie ein paar schnelle Blicke. Es war klar, sie überlegten gerade, was sie tun sollten. Sich auf den Eindringling stürzten oder ihn in Ruhe lassen? Die Situation dauerte nur kurz, denn als die Männer erkannten, womit sie es zu tun hatten, drehten sie die Köpfe weg und setzten ihre eigene Vorstellung fort, allerdings wesentlich leiser.

Neven sagte, eine Krankheit ist ein temporärer Zustand, etwas, das uns daran erinnern soll, woher wir kommen und wohin wir gehen. Eine Chemotherapie, fügte er hinzu, kann dich gesundmachen oder töten, je nachdem, wie du sie betrachtest. Du darfst bloß keine Angst haben, sagte er. Angst hat schon Menschen getötet, die wesentlich weniger schwer erkrankt waren als du.

Echtes Wissen ist wie Licht, es reist durch Zeit und Raum und gelangt zu allen Menschen, allerdings sind es nur wenige, die es zulassen können, die in der Lage sind, es ohne Angst in sich aufzunehmen.

Manjushri, ein Bodhisattva des Schwerts und des Buchs, sagte zu seinem Schüler Zenzai, er möge ihm etwas bringen, das nicht ein Heilmittel sei. Zenzai ging umher und suchte, aber er konnte nichts finden, das nicht ein Heilmittel war. Dann bat Manjushri ihn, ihm etwas zu bringen, das wirklich ein

Heilmittel war. Zenzai bückte sich, pflückte einen Grashalm und reichte ihn dem Manjushri. Dieser nahm den Grashalm entgegen und sagte: »Dieser Grashalm kann einem Menschen das Leben retten, er kann ihm aber ebenso den Tod bringen.«

Diesen Sonnenstrahl des Wissens hat Neven ein für alle Mal in sich aufgenommen, und nun gab er sein Wissen an mich weiter, indem er mir erklärte, die Chemotherapie sei Gift und Heilmittel in einem, und nur von mir selbst würde es abhängen, als was ich es aufnehmen würde: als Gift oder als Heilmittel. Die Krankheit ruft Leid hervor, sagte er, aber aus diesem Leid könnte man ein gutes Heilmittel zubereiten.

Ich aber dachte über die Angst nach.

Angst

Viele Male war ich mit der Angst konfrontiert, aber nie hatte ich so viel Angst wie in den letzten Jahren des Lebens meiner Mutter, als ich Angst um sie hatte. Meine Mutter starb vor acht Jahren. Sie war noch nicht in einem Alter, in dem man sterben sollte, aber sie litt unter einer Amyotrophen Lateralsklerose, ALS, einer Krankheit, die hinsichtlich Heilung gar keinen Hoffnungsschimmer zuließ.

Die Krankheit verunmöglichte ihr zunächst das Sprechen, dann das Schlucken, und später auch das Gehen.

Zuvor war sie entlang des Gebirgsbachs Velika Pišnica gewandert, bis zum Krnica-Tal, durch das Tamar-Tal entlang des Flusses Sava Dolinka bis zur Quelle, rund um den Unteren Weißenfelser See, wir spazierten über den Friedhof in Dovje, wo Jakob Aljaž begraben ist und von wo aus man einen freien Blick über das Vrata-Tal und den Berg Triglav hat. Dann setzten wir uns hin und atmeten. Damals atmete sie aus voller Lunge. Wir sprachen häufig über das Atmen. Schreiben konnte sie bis zum Schluss, ihr rechter Arm funktionierte noch, sodass sie schriftlich mit uns kommunizieren konnte, und für Nähe benötigt man ohnehin weder Sprache noch Schrift.

Sie fuhr gerne Rad, vierzig Jahre lang lebte sie in Münster in Nordrhein-Westfalen, einer Fahrradstadt, ihr Rad war der wichtigste Gegenstand, den sie bei ihrer Rückkehr nach Kroatien mitgebracht hatte, und sie hörte erst dann auf, mit dem Rad zu fahren, als die Krankheit ihre Bein- und Armmuskeln in Mitleidenschaft zog. Mit ihrem Schicksal, im Rollstuhl gelandet zu sein, konnte sie sich bis zum Schluss nicht abfinden. Manchmal sagte ich im Spaß zu ihr, komm schon, Mama, jetzt sei mal keine Haarspalterin, schließlich hat ein Rollstuhl auch zwei Räder, wie ein Fahrrad, und die beiden kleinen Vorderräder können wir vernachlässigen, aber es nützte nichts, der Rollstuhl war ihr ein Dorn im Auge.

Dennoch einigten wir uns darauf, wir sind so lange am Leben, wie wir atmen, unabhängig davon, ob wir auf einem Fahrrad oder in einem Rollstuhl sitzen, ob wir auf der Stelle stehen, gehen oder liegen.

Auch das Krankenbett im Wohnzimmer konnte sie nicht mit Sympathie betrachten. Sie war nie ein Morgenmensch gewesen, sie schlief gerne lange aus, aber ein richtiges Krankenbett war in ihren Augen nichts anderes als ein Schritt hin zum Grab. Das Bett war im Wohnzimmer untergebracht, damit sie nicht von der restlichen Familie und vom Familienlärm isoliert wäre, obwohl sie die Gerüche aus der Küche als störend empfand und daher ständig darauf bestand, Fenster und Türen zum Hof aufzumachen, was wiederum alle anderen Mitbewohner wahnsinnig machte. Mutter und Vater lebten nämlich mit ihrer Tochter Nana und deren Familie zusammen.

Es kam jedoch der Zeitpunkt, als die Krankheit ihren Atemapparat erfasste. Sie überstand nur knapp eine Lungenentzündung auf der Intensivstation. Sie überstand sie, weil ihre Krankheit ALS ihr zwar die Muskeln und die Motorik geraubt hatte, nicht jedoch ihre Vitalität, so etwas ließ meine Mutter nicht zu, und sie konnte es kaum erwarten, nach Hause zurückzukehren. Damals schrieb sie: »Wenn ich hier lebend herauskomme, werde ich niemals sterben.«

Sobald sie sich von der Lungenentzündung erholt hatte, fuhren wir nach Münster, wo ihre Krankheit in der dortigen Universitätsklinik auf der Abteilung für Neurologie weiterbehandelt wurde. Dort erhielt meine Mutter auch einen Respirator für den Hausgebrauch. Wie sich später herausstellte, hatten wir auf diese Weise noch weitere drei Monate für sie herausgeschlagen.

***

Entsetzlich ist das Gefühl der Hilflosigkeit, das einen niederdrückt, bricht, erzittern, winseln und weinen lässt. Mutters Krankheit konfrontierte uns als Familie mit diesem Gefühl. Man kämpft gegen etwas, ohne Erfolgsaussichten. Ihre Krankheit war so ein Fall. Ganz gleich, was man dagegen unternahm – jede Bemühung war zum Scheitern verurteilt. Manchmal fühlten wir Angehörige uns völlig mutlos, was wir uns gegenseitig zeigten, jedoch vor Mutter versteckten. Sie war im Bilde über ihre Krankheit, wir hielten nichts vor ihr geheim, und auch die Ärzte hatten ihr reinen Wein eingeschenkt, denn die Lüge ist schlimmer als jede Krankheit. Das Einzige, was wir ihr vorenthielten, war unsere eigene Hilflosigkeit.

***

Einmal sah ich sie in ihrem Sessel sitzen. Sie atmete flach, aber der Druck in ihrer rechten Hand war noch immer recht kräftig. Wir sprachen darüber, wie es mit ihr weitergehen sollte. In den letzten Monaten lebten wir nur noch in den Tag hinein. Für mich war das gar nicht so fremd, aber für meine Mutter schon.

Vierzig Jahre lang hatte sie sich in Deutschland auf ihre Heimkehr vorbereitet. Sie wollte »oben« kein Haus bauen und auch keine Wohnung kaufen. Sie lebte in einer kleinen Mietwohnung im alten Stadtkern von Münster, in der Nähe der Kathedrale. Fengshui war ihr unbekannt, aber ihre Wohnung zeugte von einer intuitiven Kenntnis dieses alten Wissens: Auf dem Boden lag nichts herum, ihre Schränke waren nicht vollgestopft mit Sachen, und bevor sie ein neues Kleidungsstück kaufte, musste ein altes den Kleiderschrank verlassen. Etwas Altes muss weg, damit etwas Neues kommen kann, sagte sie, das ist so wie im Leben.

In Zagreb kaufte sie eine Wohnung und bereitete sich vierzig Jahre lang geduldig auf ihre Rückkehr vor, plante ein bisschen herumzureisen und die restliche Zeit mit uns zu verbringen und somit zumindest teilweise all die Jahre nachzuholen, die wir getrennt voneinander erlebt hatten. Dann aber kam die Krankheit ALS und machte ihre Rückkehr mit einem Schlag zu einem Alptraum.

Lila massierte meiner Mutter die Füße. Ich sagte, sie sei zu Hause nicht mehr in Sicherheit, solange wir kein Sauerstoffgerät hätten, und fügte hinzu, dass nun kein Weg am Altersheim vorbeiführen würde. Die Idee, ins Heim zu kommen, war ihr nicht sympathisch, dort sind lauter alte Leute, sagte sie, lieber sterbe ich, als mich wieder von euch zu trennen. Ein Heim ist kein Armenhaus, sagte ich, es ist näher als Münster, wir können uns jeden Tag sehen, wir können dir täglich Lilas Zaubertränke aus Obst und Kräutern bringen. Sie nickte.

An diesem Nachmittag brachten wir sie ins Heim. Wir blieben bei ihr, bis sie einschlief. Sie lag in einem Bett mit erhöhtem Kopfende und hatte einen Sauerstoffschlauch in der Nase. Monatelang konnte sie sich nicht ordentlich ausschlafen.

Nachts fühlte sie Unruhe, die Angst zu ersticken ließ sie kein Auge zumachen, und tagsüber versuchte sie, den Schlaf nachzuholen.

***

Am folgenden Morgen empfing mich Mutter hellwach und ruhig. Sie sah gut aus. Ihr Kopf war nicht gesenkt, das Kinn berührte nicht das Brustbein – in dieser Position hatte sie nämlich Tage und Nächte in den Monaten zuvor verbracht. Nun aber war ihr Kopf gerade, das Gesicht zeigte eine gesunde, rosa Farbe, die Augen waren klar und weit offen.

Schon lange haben wir einander nicht so von Angesicht zu Angesicht anschauen können, sagte ich zu ihr.

Sie lächelte. Sie nahm meine Hand und legte sie ans Herz.

Ich gab ihr Saft zu trinken, aus jungen Weizenähren, Bananen, Äpfeln, Zitronen und frischem Quellwasser.

Ich blieb bei ihr bis zum Nachmittag. Brachte ihr Mittagessen und Wasser. Sie schlief ein wenig, dann schlug sie die Augen auf, wir schauten uns an und redeten miteinander. Sie schrieb, ich sprach. Ein Vergnügen. Dann ging ich weg. Sie winkte mir zu.

***

Am folgenden Tag war Mutter erschöpft. Ihre Augen waren immer noch offen und klar, das Gesicht wirkte gesund, aber sie schrieb mir auf, dass ihr das Atmen sehr schwerfiel. Wir führten es auf den südlichen Jugo-Wind und den plötzlichen Temperaturanstieg zurück.

Vom Sauerstoff hatte ich mir mehr erhofft, schrieb sie für mich auf und schaute mich an.

In ihren Augen funkelte Lachen.

Ich reichte ihr das Mittagessen. Seit vorigem Juli konnte sie sich nur noch mit einer Magensonde ernähren. Ich sagte ihr, sie solle noch ein bisschen schlafen, ich würde auch auf meinem Stuhl ein bisschen dösen. Die Schwüle behagte auch mir nicht.

Sie wachte auf und bat mich, ihren Mund zu befeuchten. Ich sagte zu ihr, das Heim sei keine endgültige Angelegenheit, auch das sei nur eine von den vielen Etappen, die wir durchlebten. Wir würden einen guten Sauerstoffapparat auftreiben, sagte ich zu ihr, und wenn nächste Woche der ergonomische Rollstuhl aus Deutschland käme, könnten wir ohnehin zu zweit herumreisen, mit dem tragbaren Sauerstoffapparat, und Wien, wo wir im Frühling hinfahren wollten, sei ja nicht am anderen Ende der Welt … Ich rief ihr in Erinnerung, was sie mir in meinen schwersten Momenten gesagt hatte und was sie selbst als Prinzip befolgte: Wenn du hinfällst, steh auf und geh weiter. Wir waren uns darin einig, dass wir immer weitergehen mussten, ganz gleich, wo wir gerade waren. Das Wo ist nicht wichtig, solange wir nur atmen.

Das Letzte, was sie für mich aufschrieb, war Folgendes:

»Hat Sven mit dem Rauchen aufgehört?

Geh nach Hause, du brauchst Ruhe.«

***

Und dann schlug die Krankheit mit voller Wucht zu.

An diesem Morgen machte ich mich auf, um sie im Heim zu besuchen. Ich hatte einen Tee aus Frauenmantel und die deutsche Ausgabe von Zhuangzi dabei. Es gab da eine Parabel, die ich ihr noch einmal vorlesen und mit ihr besprechen wollte. Darin hieß es: »Wie kann ich wissen, dass die Liebe zum Leben nicht bloß Betrug ist? Wie kann ich wissen, ob die Angst vor dem Tod mich zu einem verirrten Reisenden macht, der seinen Weg nach Hause nicht finden kann?«

Vater ärgerte sich, wenn er nachfragte, worüber wir beide sprachen und die folgende Antwort zu hören bekam: »Lass uns, das ist nichts für dich, wir sprechen über Philosophie und solche Sachen.«

Meine Fahrt wurde von einem Anruf aus dem Heim unterbrochen. Eine Krankenschwester war dran, sie sagte, Mutter sei heute Morgen nicht aufgewacht und daher mit einem Rettungswagen in ein Krankenhaus überstellt worden.

Mutter lag in einer Box in der Notaufnahme, angeschlossen an Sauerstoff. Nana und Lila waren bei ihr. Sie lag auf dem Rücken, eine Stellung, die in den letzten Monaten bei ihr Panikattacken ausgelöst hatte, weshalb wir uns daran gewöhnt hatten, das Kopfende ihres Betts anzuheben oder sie in ihrem Sessel sitzen zu lassen, wo sie die meiste Zeit seit ihrer Rückkehr aus dem Krankenhaus in Münster verbracht hatte. Ich berührte sie, küsste sie, redete ihr gut zu. Ich sagte, sie solle keine Angst haben, wir seien bei ihr, sie sollte nur atmen, sie würde auch das jetzt schaffen, noch sei es nicht an der Zeit, dass sie von uns ging. Ich sagte, ich hätte unseren Plan nicht aufgegeben, sondern lediglich modifiziert, wir würden also im Frühling nicht wie ursprünglich geplant nach Wien fahren, sondern ins Gebirge, zum Velebit, um ein bisschen frische Luft zu schnappen.

Mutter reagierte nicht, sie schaute mich nur an. Ihre Augen waren getrübt, der Blick abwesend, der Mund halboffen. Am Nebel an der Atemmaske konnte ich ihren Atem sehen.

Ich fühlte, es waren ihre letzten Augenblicke.

Nana und ich sprachen mit der Neurologin. Sie bestätigte unseren Eindruck, aber wir wollten es nicht hören. Sie sagte, das

Ende sei nun gekommen, es würde sich nur noch um Stunden handeln, eventuell noch ein weiterer Tag oder zwei, es gäbe keinen Grund, sie im Krankenhaus zu behalten, sie solle lieber im Frieden dahinscheiden.

Wir kehrten zur Notaufnahme zurück, die Abmachung lautete, ich sollte mit dem Auto wegfahren, und Nana mit der Mutter im Rettungswagen. Ich küsste Mutter aufs Gesicht, drückte ihre Hand. Ich sagte, wir würden uns bald wiedersehen, sie sollte nur noch ein wenig durchhalten. Sie erwiderte meinen Händedruck nicht, sie schaute mich bloß an, aber zum ersten Mal konnte ich nicht in ihren Blick dringen.

Während ich vor dem Heim wartete, läutete mein Telefon. Nur wenige gute Nachrichten waren in letzter Zeit durch dieses Gerät gekommen. Auch diese Nachricht war keine Ausnahme. Nana sagte, Mutter hätte einen Schwächeanfall gehabt, also hätte der Rettungswagen umgedreht und würde sie wieder ins Krankenhaus bringen.

Vor dem Eingang zur Notaufnahme standen Nana und Lila. Es war fünf Uhr am Nachmittag, und während ich mich ihnen näherte, zeigte ich mit der Hand nach oben, zum Himmel, der gerade aufhellte, und die beiden nickten. Nana sagte, sie sei bis zum letzten Augenblick bei ihr gewesen. Sie ist friedlich gestorben, sagte sie, irgendwann hörte sie einfach auf zu atmen.

Wo ist zu Hause?

Die letzte Chemotherapie vertrug ich schlecht. Schuld daran waren offenbar die roten Blutkörperchen, ihre Menge lag nur knapp über dem zulässigen Minimum. Drei Tage lang litt ich unter Übelkeit. Die Tabletten gegen die Übelkeit, die ich verschrieben bekommen hatte, verursachten mir nur noch mehr Übelkeit.

Am vierten Tag saß ich am Morgen mit Sven im Esszimmer. Sven trug eine Maske. Ich schütze dich vor mir selbst, sagte er. Der Epidemie zum Trotz ging er öfter in die Stadt und hatte Kontakt mit seinen Freunden. Lila ging arbeiten. Wir hatten alle gemeinsam die Abmachung getroffen, nicht ängstlich zu werden, dem Virus nicht zu erlauben, aus uns Gefangene zu machen und uns mit der Angst anzustecken. Ein Leben in Angst ist eigentlich gar kein Leben. Dennoch ging ich nicht einkaufen, die beiden ließen mich nicht. Ich war zu Hause, schrieb, las, spazierte in der Nachbarschaft, und am Wochenende gingen Lila und ich gemeinsam in den Wald. Freunde, Bekannte und andere Menschen vermisste ich nicht, es genügte mir zu wissen, dass sie irgendwo da draußen waren.

Ich vermisste jedoch Lilas und Svens Berührungen und Küsse. Wir sind eine verschmuste Familie. Bei jeder Gelegenheit küssen und umarmen wir uns. So war es früher gewesen. In dieser Sache hatte das Virus uns einen Riegel vorgeschoben, einen Vorhang zwischen uns eingezogen.

Sven kuschelte andauernd mit uns, bis zu seinem zwölften oder dreizehnten Lebensjahr, oft kroch er zu uns ins Bett und ließ sich liebkosen, und dann hörte er irgendwann damit auf. Einmal traf ich ihn vor der Schule, er war in Gesellschaft anderer Kinder. Ich kam auf ihn zu und wollte ihn umarmen und ihm einen Kuss geben, aber er wich mir aus, schaute mir in die Augen und schüttelte den Kopf. Als ich ihn später fragte, warum er mir keinen Kuss geben wollte, grinste er und sagte, er hätte doch schließlich einen Ruf zu verlieren. Als er zwanzig wurde, kehrte er wieder zu seinem ursprünglichen Kuschelverhalten zurück. Aber natürlich kroch er nicht mehr zu uns ins Bett.

Lila und ich hatten nie mit dem Schmusen aufgehört, zu Hause, auf der Straße, in Cafés und Restaurants, überall. Es störte uns nicht, wenn wir ab und an auf der Straße einen entsetzten oder missbilligenden, ja sogar angewiderten Blick einer jüngeren Person kassierten. Dafür, dass wir alte Leute waren, mit einem Fuß schon im Grab. Das wussten wir deshalb so genau, weil wir in ihrem Alter über Menschen in unserem jetzigen Alter genauso gedacht hatten.

Ach, ihr kleinen Scheißrotznasen, dachte ich, während ich die angewiderten Gesichter betrachtete, ihr ekelt euch nicht, wenn eure Eltern sich zu Hause streiten und verprügeln, das findet ihr durchaus normal, aber wenn ältere Menschen sich küssen … Wir werden uns wohl nicht in Treppenhäusern und Parks verstecken, als wären wir Diebe, nur um euch unseren Anblick zu ersparen.

Ich weiß noch, als Lila und ich frisch zusammengekommen waren, da sagte Lila, wir sollten unser Glück nicht anderen zeigen, wir sollten uns damit nicht quasi der Polizei ausliefern. Unser Glück ist illegal, sagte sie, jenseits des Gesetzes, wir werden es unter dem Mantel verstecken und einander nur dann zeigen, wenn wir gut verborgen sind, in der Dunkelheit. Wir waren damals verrückt vor Glück und sagten allerlei verrückte Dinge zueinander. Verrückt sind wir noch heute. Das Virus war das Erste, was unserem Küssen und unseren Umarmungen Einhalt gebot.

Wie geht es dir?, fragte Sven.

Ich habe die Nase voll, sagte ich, ich will weg von hier.

Wohin?, fragte er.

Nach Hause, sagte ich.

Und wo ist zu Hause?, fragte er.

Du stehst nur auf und gehst los, sagte ich.

Dann schwiegen wir eine Zeitlang.

Ich bin müde, sagte ich, manchmal möchte ich einfach aufgeben und alles zum Teufel schicken.

Dazu hast du kein Recht, sagte Sven.

O doch, das habe ich, sagte ich.

Nein, hast du nicht. Das ist nicht deine Art. Außerdem bist du mit deiner Arbeit hier noch nicht fertig.

Ich schaute ihn an, er erwiderte ruhig meinen Blick.

Woher willst du das wissen?, fragte ich ihn.

Ich weiß es nicht, sagte er. Ich fühle es.

Was steht in der Zeitung und was in den Sternen

Die Adler schwebten schon lange nicht mehr über meinem Bett, das Gesicht war in den Blättern des Birkenbaums vor meinem Fenster geblieben und suchte mich nicht mehr auf. Aber die leise, melancholische Melodie konnte ich noch eine Zeit lang hören. Ich erzählte Lila davon. Sie dachte, auch sie konnte sie hören, manchmal, nicht immer, und dass die Melodie vermutlich von der Klimaanlage im Gebäude oder vom Kühlschrank oder von etwas Ähnlichem stammte.

Irgendwann verstummte die Musik.

Später tauchte sie in einem Buch auf, das ich las. Es war die poetisch-prosaische Autobiografie des japanischen Dichters Kobayashi Issa. Im dritten Kapitel erzählt Issa eine Geschichte, von der er gehört hat, nämlich über Menschen, die am ersten Tag des Neuen Jahrs um zwei Uhr morgens eine himmlische Musik vernommen hätten. Und nicht nur das, diese Menschen behaupteten, sie hätten die Musik von da an jeden achten Tag gehört. Sie konnten die Zeit und den Ort, an dem es passierte, genau beschreiben. Manche lachten über die Geschichte, schrieben das Phänomen einem trügerischen Wind zu, aber Issa selbst, so schrieb er, wollte diese Geschichte weder glauben noch verwerfen, ohne Beweise zu haben. Die Welt ist voller Wunder, sagte er, und alle kennen die Geschichten über die Tänzerinnen, die den Morgentau hinuntertropfen lassen. Womöglich hätten Geister vom Himmel herab gesehen, wie ruhig die Welt vor ihnen dalag, und daraufhin die Musik heraufbeschworen, um den Menschen eine Freude zu bereiten. Und womöglich seien wir, die wir diese Musik nicht hörten, bloß durch unser eigenes Leid so betäubt, dass wir nicht fähig wären zu hören. Und so lud Issa an einem Tag im März einige Freunde zu sich in seine Hütte ein, wo sie die ganze Nacht gemeinsam lauschten. Sie konnten nichts hören. Erst als im Osten die ersten Lichtstrahlen zu sehen waren, hörten sie plötzlich einen Gesang aus der Krone des Pflaumenbaums vor dem Fenster.

Eine Grasmücke
sang morgendliches Lotos-Sutra
für die leidende Welt

Häufiger als sonst wühlte ich in dem Gepäck, das sich im Laufe meines Lebens in meinem Kopf angehäuft hatte. Eine undankbare, unangenehme Aufgabe. Abgesehen davon, dass es mitunter schmerzhaft war, fühlte ich mich so, wie sich vermutlich derjenige Bewohner von Rapa Nui gefühlt haben mag, der den allerletzten Baum gefällt hatte.

Nebenbei gefragt – war er sich überhaupt dessen bewusst, welch einen Unsinn er angestellt hatte?

Hört mal zu, mochte er zu seinen Kameraden gesagt haben, ich glaube, wir haben alles versaut, wir haben den letzten Baum gefällt.

Sie warfen einander wohl entsetzte Blicke zu und schauten sich um. Von dort aus, wo sie standen, war fast die gesamte Insel zu sehen. Es war ein heiterer, frischer Morgen, und nichts, was nicht menschengemacht war, warf einen Schatten auf den Grund.

Was zum Teufel sollen wir jetzt tun?

Inzwischen gilt es als erwiesen, dass der Untergang von Rapa Nui, angeblich herbeigeführt durch seine wahnsinnigen Bewohner, die reinste Erfindung ist, wie so vieles anderes, was jahrhundertelang unter dem Motto »Wissen«, »Bildung«, »historische Fakten« und Ähnliches von Generation zu Generation weitergegeben wurde. Wie dem auch sei, da stand ich nun, in einer Wüste, die ich mir mehr oder weniger selbst eingebrockt hatte, auf einem öden Plateau ohne Schatten, wo Winde und Regenfälle die Erde abtragen, sodass Gräser und Bäume bald nicht mehr wachsen und Quellen versiegen würden, und auch die Menschen können dort keine Wurzeln schlagen, wo es keine Gräser und Bäume gibt und wo kein Wasserrauschen zu hören ist, so heißt es in den alten Geschichten.

Aber längst sind die Zeiten vergangen, in denen die Menschen sich gegenseitig Geschichten erzählten und als Propheten mit einem Stab gegen einen Felsen schlugen und damit Wasser heraustreten ließen. Statt Geschichten zu erfinden und zu erzählen, laden sich die Menschen inzwischen Geschichten aus dem Internet herunter, starren ihre Handys an und plappern hinein und schauen fern, während Propheten und Wunder durch Ingenieure, Technologie, Installateure und Wasserhähne ersetzt wurden. Das Problem mit den heutigen Menschen ist, wie der deutsche Waldgänger einst sagte, dass die Menschen das glauben, was in der Zeitung steht, und nicht das, was in den Sternen steht. Heutzutage kann ein jeder Wasser aus dem Felsen treten lassen, der einen Wasseranschluss bezahlt, das Wasser ist nicht mehr die Flüssigkeit des Lebens, sondern bloß eine Ware, eine Nummer auf der Rechnung der Wasserversorgungsgesellschaft, ein Artikel im Supermarkt.

Und dennoch, allem zum Trotz, atme und gehe ich noch immer. Ich muss noch immer nicht Hunger leiden, was in unseren Zeiten keine Kleinigkeit ist, wo einem doch unablässig eingetrichtert wird, *there is no such thing as a free lunch*, wo man ständig zu hören bekommt, dass jeder sein täglich Brot im Schweiße seines Angesichts verdienen müsse, und wer dazu nicht in der Lage sei, der möge die gemeinsame Tafel verlassen und an Hunger krepieren. Das ist die wichtigste Regel dieses unanständigen Spiels, das von einer Handvoll Menschen erfunden wurde und an dessen Spielregeln sich Milliarden von Menschen halten.

Besten Dank für die Einladung, ich möchte lieber nicht. Das ist nicht mein Spiel, das sind nicht meine Spielregeln. Ich weiß nicht viel, ich kann keinem etwas beibringen. Aber ich verstehe mich darauf, mein eigenes Leben zu leben. Bacon hat behauptet, Hume hat erklärt, Descartes hat gedacht, Hobbes war der Meinung, Machiavelli ist zu der Schlussfolgerung gelangt ... Denkt denn hier bitte auch mal jemand mit seinem eigenen Kopf?

Dabei sollte sich niemand dafür interessieren, was diese Leute gedacht haben. Niemand sollte sich besonders dafür interessieren, was genau Bacon behauptet hat, denn außer dass er ein korrumpierter, verdorbener Mann war, war er außerdem dumm genug, ein mit Schnee ausgestopftes Hühnchen zu essen, was zu einer starken Erkältung führte, an der er schließlich starb. Descartes dachte, *cogito, ergo sum, ich denke, also bin ich*; er starb an einer Virusinfektion, die er sich von einem Freund einfing, sein Freund ließ sich mit Aderlass behandeln und wurde wieder gesund; Descartes dachte, eine solche Behandlungsmethode wäre sinnlos und starb; heutzutage denken viele, Impfen sei sinnlos. Und Hume wiederum war der Ansicht, Schwarze wären Weißen von Natur aus unterlegen, und jeder Mensch, der aus Eigeninteresse handele, wäre ein Bösewicht. Hobbes hatte allerlei unsinnige Ideen – die Menschen wären zwar von Natur aus gleich, jedoch furchtbar dumm und gierig, daher bräuchten sie eine feste Hand, um zu überleben, und wenn sie dann einmal eine Regierung gewählt hätten, würden sie sämtliche Rechte verlieren, außer jenen, die sie von der Regierung willkürlich zugesprochen bekämen, und er glaubte, es gäbe kein Recht auf Revolte und Ähnliches mehr. Machiavelli wurde aus dem Dienst in der florentinischen Regierung verjagt, dann begann er zu schreiben, weil er nichts anderes konnte, und in der Hoffnung, wieder eine Arbeit zu bekommen, schmeichelte er sich bei unterschiedlichen Herrschern ein, indem er allerlei Schweinereien schrieb; mal schrieb er, für einen Herrscher wäre es wünschenswert, ein Lügner und Betrüger zu sein, dann schrieb er, ein Fürst sollte nur dann sein Wort halten, wenn es sich für ihn auszahlte, dann dies, dann das.

All das dachten, betrachteten, meinten und erklärten nicht irgendwelche Dummköpfe, sondern angeblich die besten Köpfe der damaligen Zeit, denen noch heute gehuldigt wird, die noch heute als »Wissen«, »Philosophie« usw. in Schulen und an Universitäten gelehrt werden, und, was das Schlimmste an der Sache ist, deren Ideen noch heute umgesetzt werden.

Kommt es denn nie jemandem in den Sinn, dass das, was diese Typen gedacht, erklärt, behauptet und geschlussfolgert haben, nichts anderes als ganz gewöhnlicher Blödsinn ist? Dass in der Zwischenzeit all das verdorben ist, so wie Nahrungsmittel mit der Zeit verderben, und dass man endlich damit anfangen müsste, etwas Neues zu denken und zu sprechen. Dass diese Dinge ihr Haltbarkeitsdatum überschritten haben, was bei den meisten Dingen der Fall ist, die der Mensch erfindet und herstellt, dass all das also bloß ein Haufen Müll ist, nutzlose alte Dinge, die entsorgt gehören.

Und kommt schließlich denn nie jemandem in den Sinn, dass die Mehrheit der Menschen ganz in Ordnung ist, dass die Menschen in der Regel klug, anständig und gut sind, aber dass die Anhänger oben erwähnter und ihnen ähnlicher Bösewichte ihnen mit Erfolg einzureden versuchen, sie seien dumm und bösartig und sie bräuchten, sofern sie weiterleben wollen, Anweisungen für das Leben, einen Führer, eine Herde, eine Kirche, einen Staat und Sicherheit.

Sicherheit?

Sie sagen Sicherheit und meinen Überwachungskameras, Alarmanlagen und Zäune, Wachdienste und Gefängnisse, Polizisten und Informanten, Tränengas und Wasserkanonen, Soldaten auf den Straßen und Angst in den Häusern und Hausfluren.

»Wir standen an der Schwelle zu etwas Großem«, sagt der Schauspieler Ben Mendelsohn in seiner Rolle als Orson Krennic, Direktor der fortgeschrittenen Waffenforschung des imperialen Militärs im Film *Rogue One*. »Wir waren so nah dran, für Frieden und Sicherheit in der Galaxie zu sorgen.«

»Sie verwechseln Frieden mit Terror«, antwortet der Schauspieler Mads Mikkelsen in seiner Rolle als Wissenschaftler Galen Erso, der sich aus der Kriegsindustrie zurückgezogen hat und mit seiner Familie in der ruhigen Provinz auf einem entlegenen Planeten lebt und Landwirtschaft betreibt.

»Tja, irgendwo muss man ja anfangen«, erwidert Krennic.

Üblicherweise fängt man so an, dass man sich auf Befehl gehorsam in einer Reihe aufstellt, ein Stück Brot in die ausgestreckte Hand bekommt und angerotzt wird. Ist denn die Sicherheit nicht genau das? Und dann nennen sie es auch noch das Leben.

Sjena

Zum ersten Mal wurde ich nach einer Chemotherapie seiner Anwesenheit gewahr. Ich kam nach Hause, legte mich hin und wollte bis zum nächsten Morgen durchschlafen. Dann kam die Übelkeit. Ich griff nach meinem bewährten Heilmittel, nach Marihuana. Während ich auf dem Balkon saß und an meiner Glas-Bong zog, hörte ich, wie sich jemand auf dem Nachbarbalkon, von unserem durch eine milchige Platte aus armiertem Glas getrennt, schnäuzte. Das Gras schärft die Sinne und öffnet Tür und Tor für die vielen Dinge, die wir ansonsten übersehen, vernachlässigen, abwehren, von uns weisen. Da war also jemand auf dem Nachbarbalkon, der sich gerade schnäuzte und dabei ein Geräusch machte, das vermutlich auch früher auf meinem Balkon zu hören war, aber erst das Gras hatte mein Ohr dafür empfänglich gemacht.

Einige Tage lang horchte ich, wie mein Nachbar raschelte, mit dem Stuhl knirschte, sich schnäuzte, seinen Kaffee schlürfte, Zigarettenrauch ausblies. Ich konnte seine getrübten Umrisse erkennen, und irgendwann hatte ich es satt, so zu tun, als würde er nicht existieren.

Welche Zigaretten rauchen Sie?, fragte ich.

Ich sah zunächst einen trüben Umriss, der langsam vom Stuhl aufstand und sich näherte, dann stand er kurz da und setzte sich wieder hin.

Ich drehe Tabak. Geschmuggelten Tabak. Den Tabak mit dem Stempel vom Finanzministerium kann ich mir nicht leisten.

Sie sind also nicht gerade ein loyaler Bürger?, fragte ich.

Ich bin dem Tabak gegenüber loyal, sagte er. Loyalität dem Staat gegenüber ist ein Verbrechen gegen die Menschlichkeit. Und Sie rauchen Gras, soweit ich es erschnüffeln kann?

Ja, ebenfalls illegal beschafft, sagte ich. Ich rauche aus gesundheitlichen Gründen, fügte ich hinzu.

Mich kümmert das nicht, sagte er. Das müssen Sie dem Gesetzgeber erklären, falls Sie geschnappt werden.

Wollen Sie probieren?, fragte ich.

Ein anderes Mal, wenn ich keinen Tabak mehr habe.

Im Übrigen, mein Name ist …

Lassen Sie den Namen, unterbrach er mich, Namen sind nicht wichtig. Das sind nur Etiketten, die man uns umgehängt hat, ohne uns zu fragen, ob wir sie wollen oder nicht.

Wir sprachen nicht mehr weiter. Jeder saß auf seinem Balkon, wir rauchten und atmeten.

Ein anderes Mal sprach er mich als Erster an.

Wir können nur Licht von Dunkelheit unterscheiden, sagte er. Wenn überhaupt, fügte er hinzu.

Es war später Nachmittag, ganze Geschwader von Wolken mit orangeroten Rändern durchpflügten den Himmel. In der Ferne leuchtete ein bläulicher Gebirgskamm. Ich erzählte von einem Artikel, den ich vor Kurzem auf einem Portal gelesen hatte, über eine alte Frau, die an Hunger gestorben war, in einem Dorf …

In welchem Dorf?, wollte er wissen.

Es ist nicht wichtig, in welchem Dorf, irgendwo in Slawonien, glaube ich, oder in einer anderen Tiefebene. Jedenfalls, die Frau ist an Hunger gestorben, obwohl sie so viele Nachbarn hatte, und das zeigt doch, wie hartherzig wir Menschen geworden sind, wie wir uns überhaupt nicht mehr um das Schicksal anderer kümmern.

Sie täuschen sich, sagte er. Erstens ist Slawonien nicht eine Tiefebene, es gibt dort auch Berge. Und zweitens sind wir nicht hartherzig geworden, sondern wir sind schlicht und ergreifend blind und taub. Das heißt, wir sehen so weit, wie unsere Arme reichen, so ungefähr, und das, was wir hören können, ist nur unsere innere Stimme. Narzisstische Krüppel, das ist es, was aus uns geworden ist. So viele Generationen von Menschen tun nichts anderes mehr, als auf Geräte zu starren, auf Tische, Formulare, Tabellen, Bücher, Zeitungen, Bildschirme, solche Sachen eben, und es ist kein Wunder, dass unsere Augen verkümmert sind wie die Augen von Maulwürfen, so denke ich. Können menschliche Augen und das menschliche Gehirn überhaupt noch zum Beispiel die Frau dort im grünen Kleid registrieren, die Reihe der grauen Hochhäuser, diese unvergesslichen Porzellanwolken über der Stadt?

Unvergessliche Porzellanwolken? Ich musste lächeln.

Ja, erwiderte er schroff. Sehen sie denn nicht so aus, als wären sie aus Porzellan, und sind sie denn nicht unvergesslich? Wie dem auch sei, heutzutage kannst du auf der Straße tun, was du willst, und es kann dir auch alles Mögliche zustoßen, kein Mensch wird es bemerken oder dir zu Hilfe eilen. Passen Sie mal auf!

Daraufhin begann er wie ein Hund zu heulen, was die Tauben aufschreckte, die gerade dabei waren, auf einer verwelkten Grasfläche nach Futter zu suchen. Ein junges Paar, das mit einem Hund im Park spazierte, achtete gar nicht auf das Geheule, und auch sonst schaute keiner von unseren Nachbarn aus dem Fenster. Nur der Hund hielt kurz inne und schaute mit schräg gelegtem Kopf zu unserem Wohnhaus.

Na also, habe ich es Ihnen doch gesagt. Ich habe nur die Tauben aufgeschreckt und die Aufmerksamkeit eines Hundes auf mich gezogen.

Vielleicht haben die Menschen Angst vor dem Virus?, erwiderte ich.

Das Virus hatte sich im Übrigen inzwischen als gefährlicher herausgestellt, als es zu Beginn scheinen mochte. Es tötete nicht nur Menschen – denn wenn das der Fall gewesen wäre, hätte niemand mit der Wimper gezuckt. Im Unterschied zu Wäldern, Mineralien oder Trinkwasser handelt es sich bei den Menschen um eine unerschöpfliche Ressource, wie es heutzutage so schön heißt, und daher hätte sich niemand besonders aufgeregt, wenn das Virus bloß die Menschen dahingerafft hätte. Einer stirbt, du stellst einen anderen ein, dann stirbt auch dieser, und du stellst einen dritten ein – eine unerschöpfliche Ressource. Wie in den Videospielen, wo eine Figur über den Rand eines Bildschirms geht und auf dem nächsten Bildschirm auftaucht, und so geht das weiter, ins Unendliche. Es stellte sich jedoch heraus, dass dieses Virus nicht nur die Ressource Mensch attackierte, sondern auch weltweit sowohl die Produktion, als auch den Handel, als auch den Konsum, als auch den Transport, als auch den Dow Jones Index, als auch das Bruttoinlandsprodukt in Mitleidenschaft zog, und darüber hinaus noch weitere aberwitzige Komponenten des Goldenen Kalbs, das noch bis gestern den Anschein erweckt hatte, fest, unzerstörbar und ewig zu sein. Das ist dann allerdings kein Kinderspiel mehr, wenn da etwas ist, was Wachstum, Kohle und Profit in Frage stellt, eine wirtschaftliche Stagnation verursacht, so klärten uns die Wirtschaftswissenschaftler tränenreich auf, und schon machten sich Panik und Hysterie breit, und es wurde über nichts anderes mehr geredet.

Was denn für ein Virus, sagte Sjena, der Schatten, es ist doch nicht das Virus, das die Mauern zwischen den Menschen errichtet hat. Die Mauerbauer, die ich meine, sind wesentlich älter und gefährlicher als das Virus. Gegen das Virus wird man bald ein Medikament finden, die Lage wird sich beruhigen, aber das, wovon ich rede, das lässt sich mit keinem Medikament aus der Welt schaffen.

Vielleicht sind die beiden jungen Menschen taub, gab ich zu bedenken. Vielleicht ist im Moment niemand da, es ist Sommer, die Leute sind auf Urlaub.

Sie sind ohnehin taub, ich habe Ihnen doch gesagt, die Menschen hören nur noch ihre eigene innere Stimme. Dass der Mann sie anschaut und ihr zunickt, während sie spricht, das hat nichts zu bedeuten. In Wirklichkeit hört er sie gar nicht, er wartet nur darauf, dass sie endlich aufhört, ihren Mund zu bewegen, damit er selbst endlich seinen Mund bewegen kann. Die Menschen warten nur darauf, selbst an die Reihe zu kommen. Wir alle warten nur darauf, dranzukommen, wir warten auf unsere fünf Minuten. Und Sie lesen wirklich noch Zeitungen?, fragte er, und seine Stimme verriet einen Ekel, als hätte er soeben eine Fliege verschluckt.

Ich lese keine Zeitungen, nur Portale, sagte ich.

Alles der gleiche Scheiß, sagte er. Gift für das Hirn. Verschwendete Zeit, um etwas Unwichtiges und Dummes zu erfahren, das ohnehin schon passiert ist und somit der Vergangenheit angehört.

Es wird auch über wichtige Dinge geschrieben.

Ach was. Ganz im Gegenteil, es wird nur die Aufmerksamkeit von den wichtigen Dingen abgezogen.

Sie lesen nie die Nachrichten?

Auf gar keinen Fall, sagte er. Das habe ich schon lange aufgegeben.

Wie können Sie dann wissen, was rund um Sie herum passiert?

Indem ich schaue, was um mich herum passiert, sagte er. Alles, was wichtig ist und was mich etwas angeht, passiert in diesem Augenblick vor meinen Augen. Stellen Sie sich vor, ich besitze nicht einmal einen Fernseher. Dennoch bin ich mir selbstverständlich dessen bewusst, dass wir in einer riesigen Luftblase leben, und dass das, was in einem Teil dieser Luftblase passiert, sich auch auf mich hier auswirkt. Mir ist klar, alles das hier ist eigentlich bloß ein Spiel von Geräuschen und Echo, und man weiß gar nicht mehr, was das Geräusch ist und was sein Echo ist, und all dem zum Trotz oder gerade deshalb muss ich, um zu wissen, was hier geschieht, nicht unbedingt wissen, was dort geschieht, verstehen Sie?

Ich lachte.

Sie lachen schon wieder, dabei ist gar nichts daran komisch, sagte er. Im Übrigen, dass diese Frau an Hunger gestorben ist, vergessen und einsam, das gehört auch zum Plan.

Plan?, fragte ich verwundert. Was denn für ein Plan? Ich bitte Sie!

Ja, sagte er etwas lauter. Man hat so viele Menschen vom Antlitz der Erde getilgt, die den Beweis dafür erbracht hatten, dass der Mensch eben nicht wie ein Sklave leben muss, dass man ohne Schinden, Betriebskosten, Sozial- und Pensionsversicherung und ähnliche Scheußlichkeiten leben kann. Wissen Sie, was den amerikanischen Völkern zugestoßen ist, als der europäische Abschaum bei ihnen landete? Und was den australischen Ureinwohnern passierte, als der britische Abschaum auf ihrer Insel Halt machte? Und hier, in Europa, was war da los vor zweihundert Jahren, während in Amerika der Genozid an den Ureinwohnern zu Ende gebracht wurde? In Europa wurden indessen Bettler, Nichtsnutze, Streuner und Arme ausgerottet, all jene, die nicht zu der damaligen Gesellschaftsordnung passten. Sagen Sie mir nicht, sie hätten nicht gemerkt, dass alle unter dreißig ihren Blick gar nicht mehr lösen können von dem Ding, das sie unverschämterweise als ein Smart Phone bezeichnen, wie gebannt starren sie dieses idiotische Ding an, man könnte ihnen die Haut abziehen und sie würden es nicht einmal merken, wie brünftige Hirsche. Diese Maurer, sie haben sämtliche Verbindungen unter den Menschen zerstört, Mauern aufgebaut, deshalb sind wir heutzutage einander fremd und deshalb kann es passieren, dass unsere Nachbarn an Hunger oder an etwas anderem sterben, ohne dass wir davon eine Ahnung haben und ohne dass es uns kümmert.

Seine Worte ergaben Sinn, dennoch hatte ich den Eindruck, dass er übertrieb. Der Tod dieser alten Frau musste wohl ein Zufall gewesen sein, und nicht Teil eines Plans. Ich sagte es ihm.

Sie sind naiv, entgegnete er. Ich nehme an, Sie suchen ab und zu ein Einkaufszentrum auf.

Ich schwieg, da ich eine Antwort für überflüssig hielt. Selbstverständlich ging ich ab und zu in ein Einkaufszentrum, so wie jeder andere Mensch doch auch.

Tja, fuhr er fort, das ist eben unsere nahe Zukunft. Denken Sie nicht, dass diese Stadt immer mehr einem Einkaufszentrum ähnelt? Wann haben Sie in einem Einkaufszentrum einen Bettler, einen Obdachlosen, einen Straßenmusiker, einen Straßenhund, eine Katze gesehen? Niemals. Für sie herrscht ein Zutrittsverbot. Oder, noch besser, sagen Sie mal, wann haben Sie in Novi Zagreb das letzte Mal auf der Straße einen Straßenhund oder eine Katze gesehen? Früher lebten hier ganze Herden von Katzen, es gab sie in jedem Stadtviertel, bei jedem Wohnhaus, Ratten konnte man damals beim besten Willen nicht auftreiben, und heute wimmelt es nur so vor Ratten.

Ich musste lachen, er sagte die Wahrheit, die Sache mit den Katzen und den Ratten stimmte.

Schon wieder lachen Sie, sagte er. Dabei sollten wir weinen, wir haben guten Grund dazu.

Da ich schwieg, fuhr er fort.

Zuerst sorgten sie dafür, dass die Katzen und die Hunde verschwanden. Jetzt kommen die Obdachlosen, die Bettler, die Alten und die Kranken dran, und dieses neue Virus wird ihnen dabei helfen. Irgendwann werden sie die Arbeitslosen und die Armen zum Verschwinden bringen, überhaupt alle, die nicht in der Lage sind zu arbeiten und zu konsumieren. Die ganze Welt wird sich in ein riesiges Einkaufszentrum verwandeln, in dem es nur noch Platz für Arbeitende und Konsumenten geben wird. Im Übrigen, verzeihen Sie, wenn ich indiskret bin, aber sagen Sie mal, was arbeiten Sie und wieviel geben Sie aus, ich brauche keine Zahl, sondern nur eine Beschreibung.

Ich gab ihm keine Antwort. Ich konnte ihm nicht sagen, dass ich derzeit von unregelmäßigen, dürftigen Honoraren abhängig war, und dass mich eigentlich meine Ehefrau aushielt. So gut kannten wir uns auch wieder nicht.

Der Regen quillt aus der Erde

Ich wachte müde und hungrig auf. Von der Übelkeit keine Spur, obwohl ich gestern Chemotherapie hatte. Gesegnet sei Marihuana. Ich überlegte, was ich beim Frühstück lesen könnte. In den letzten Tagen hatte ich viele Bücher angefangen, und nun warteten sie darauf, gelesen zu werden. Allerdings besaß keines von ihnen die Kraft, mich zu überwältigen und bis ans Ende zu ziehen. Aber vielleicht lag es an mir.

Manche Schriftsteller sind der Meinung, ihre Werke hätten einen inneren, absoluten Wert und wären somit unsterblich. Daher ihre tragikomische Einbildung. Dem ist jedoch nicht so. Es sind die Leser, die Kritiker, die Bildungsinstitutionen, die Akademien, die Jurys, die den literarischen Werken ihren Wert verleihen oder aber diesen bestreiten, und Bewertungen wie »wertvoll«, »außerordentlich«, »kanonisch« sind bloß Konstrukte des menschlichen Verstands. Es bedarf keiner besonderen Beweisführung, dass nichts von all dem, was die Natur erschafft und der Mensch produziert, ewig währt. Wie kann dann etwas, das von der Meinung eines Menschen abhängt, festgefügt, unveränderlich, ewig sein?

Die Unsterblichkeit klassischer Werke ist ein Mythos, der von Kultur-, Bildungs- und sonstigen repressiven Institutionen aufrechterhalten wird, die Mythen produzieren und sich anschließend von ihnen ernähren. Ein kulturell-repressives Perpetuum mobile. Nur wenige Werke haben die Zeit tatsächlich überdauert, eins zu tausend vielleicht. Es sind Werke von Genies, wie etwa *Don Quijote*, *Die Abenteuer des braven Soldaten Schwejk*, das Gedicht *Das wüste Land*, der Roman *Pseudo* von Romain Gary, die Poesie von Hanshan, Ikkyū Sōjun und Charles Bukowski … All das hat natürlich nur für mich einen Wert und ist nur einer von unzähligen möglichen Blicken auf ein Werk, eine Meinung. Und was es mit einer Meinung auf sich hat, das brachte wohl am besten der Philosoph Harold Francis Callahan auf den Punkt: *Well, opinions are like assholes. Everybody has one.*

Die Unsterblichkeit ist bedingt. Ein guter
Einfall vom alten Fuchs Vergil!

schrieb Antun Šoljan. Auch Šoljans Werke sind bedingt unsterblich, abgesehen davon, dass einige seiner Gedichte genial sind. Deshalb sollte man dafür sorgen, dass sie nicht dem Vergessen anheimfallen.

Die besten Werke sind ohne Absicht und Hintergedanken geschrieben, insbesondere ohne die Absicht, jemandem zu gefallen, den Leser zu verführen, den Autor reich und berühmt zu machen, ewig zu sein.

Das gilt auch für die folgende Einsicht von Masanobu Fukuoka: »Als ich in einer amerikanischen Wüste stand, verstand ich plötzlich, dass der Regen nicht vom Himmel fällt; er quillt aus der Erde. Wüsten entstehen nicht, weil es keinen Regen gibt, sondern umgekehrt: Der Regen fällt nicht mehr, weil die Vegetation verschwunden ist. Einen Staudamm in der Wüste zu errichten ist der Versuch, ein Krankheitssymptom zu heilen, nicht jedoch eine Strategie, um den Umfang von Niederschlägen zu steigern. In erster Linie müsste man die Wälder, die auf diesem Boden früher wuchsen, wieder anpflanzen.«

In letzter Zeit kehre ich häufig zu dem Buch *Silent Spring* von Rachel Carson zurück. Dieses Buch sagt mir etwas. Es zeigt mir den Weg zu den Antworten auf quälende Fragen. Zum Beispiel die Frage nach der Krankheit, die ich gerade durchmache.

In dem Buch geht es um die Ökologie innerhalb unserer Körper. In dieser unsichtbaren Welt können winzige Ursachen starke Wirkungen entfalten; die Wirkung weist häufig keine offensichtliche Verbindung zur Ursache auf und manifestiert sich in einem Teil des Körpers, der nicht unbedingt in der Nähe der verletzten Stelle liegt. Selbst die Veränderung in einem Molekül kann sich auf das ganze System auswirken und Veränderungen an den Organen und am Gewebe verursachen, die scheinbar ganz woanders sind als der ursprüngliche Punkt der Veränderung. Im Hinblick auf das geheimnisvolle und wundersame Funktionieren des menschlichen Organismus befinden sich Ursache und Wirkung selten in einer einfachen und leicht sichtbaren Beziehung. Sie können in Zeit und Raum weit verstreut sein. Um die Ursache für eine Krankheit oder einen Todesfall herauszufinden, muss man geduldig zahlreiche scheinbar unzusammenhängende Tatsachen miteinander verknüpfen, die in zahlreichen Forschungen auf unterschiedlichsten Gebieten herausgefunden wurden. So schreibt es Carson.

Es ist jedoch leichter, ein Totengräber zu sein als ein Detektiv und Forensiker. Deshalb befasst sich die Medizin lieber mit Symptomen und Folgewirkungen, statt sich mit der Ursachenforschung zu beschäftigen. Die Pharmaindustrie wiederum schert sich keinen Deut um Finessen. Medikamente werden wie Autos gestanzt, so als wären alle Lebewesen und Pflanzen auf der Erde festgenagelt und als könnte man sie entsprechend entfernen, töten, abschneiden, ersetzen, drehen, verletzen, vergiften, ohne dass sich dies auf andere Teile und auf das Ganze auswirken würde. So kann es vorkommen, dass ein Medikament einem bestimmten erkrankten Organ helfen kann, dabei jedoch mit ziemlicher Sicherheit andere Organe schädigt. All das steht, wunderbar geschrieben, in jedem Beipackzettel. Folgendes könnt ihr erwarten, wenn ihr ein ganz gewöhnliches Medikament für das Herz oder ein Antibiotikum verschrieben bekommt: »Magengeschwür, möglicherweise mit Blutung oder Durchbruch. Herzversagen. Schlafstörungen. Innere Blutung. Schüttelfrost, Husten, Atemprobleme. Verwirrung, Sehstörungen, Übelkeit. Leberentzündung und daraus folgend Gelbsucht oder Skleritis. Kältegefühl und Unempfindlichkeit in Armen und Beinen. Alpträume, Halluzinationen.«

Nicht genug, dass der Mensch aus der Welt, aus der er hervorgegangen war, herausgerissen wurde, sondern auch sein Körper wurde in tausend Stücke gerissen, und nun befasst sich jeder Spezialist mit seinem Teil und hütet eifersüchtig seine Entdeckungen und Erkenntnisse vor allen anderen.

Deshalb bleibt mir nichts anderes übrig, als die Sache selbst in die Hand zu nehmen und zu versuchen herauszufinden, wo genau ich also, in welchem Körperteil und wann, einen Schlag eingesteckt habe, oder wo genau sich diese winzige Veränderung abgespielt hat, die zum Ausbruch der Krankheit führte. Diese Zeilen sind Teil meiner Suche.

In den letzten Tagen denke ich oft über meine Mutter nach, darüber, wie erstaunt sie war, als sie begriff, dass ihre Krankheit auch ihre Atmung angriff.

Einmal schrieb sie, ich habe damit gerechnet, dass die Krankheit mir das Schlucken, Sprechen und Bewegen verunmöglichen würde, aber ich konnte mir nicht vorstellen, dass sie mir auch das Atmen wegnehmen würde.

Als hätte sie vergessen, was die Ärzte über das Endstadium ihrer Krankheit gesagt hatten. Ich und auch sonst niemand in der Familie konnte es übers Herz bringen, ihr in Erinnerung zu rufen, dass die Krankheit auch die Brustmuskulatur lahmlegte, ohne die unsere Lungen nicht funktionieren können.

Meine Mutter starb erstaunt.

Wir alle wussten, woran sie gestorben war, aber niemand wusste genau warum; welcher von den Tausenden und Abertausenden Schlägen, die wir im Laufe unseres Lebens einstecken müssen, sichtbare wie unsichtbare, hatte die Krankheit hervorgerufen?

Vater starb einige Jahre nach Mutter. Er lebte unaufdringlich, er starb unaufdringlich, so läuft das. Wir sahen einander zwei Tage, bevor er starb. Er war heiter und fröhlich, ging sogar ein paar Mal in die Hocke, um mir zu zeigen, wie fit er war. Er erzählte mir von den Tagen, als er meine Mutter kennengelernt hatte, er sprach von ihrer Hochzeit, von den geschmückten Pferden, die das Brautpaar gezogen hatten, von den Zieräpfeln und den Flaschen mit selbstgebranntem Schnaps, die von den Gästen weitergereicht wurden, von dem Kolo, der im Hof der Brautleute getanzt wurde. Die jungen Menschen können sich heutzutage eine solche Hochzeit gar nicht vorstellen, sagte er, sie lachen dich gnadenlos aus, wenn du die alten Bräuche erwähnst. Was soll man machen, fuhr er fort, heutzutage heiratet man wie in Hollywood, und eine Ehe dauert so lange wie ein Film. Du bist sechs Monate nach unserer Hochzeit auf die Welt gekommen, lachte er, du warst immer schon progressiv, man konnte sofort sehen, aus dir wird einmal etwas. Und eigentlich findet die Geburt eines Menschen erst dann statt, wenn er sich zu erinnern beginnt. Unser Leben ist das, woran wir uns erinnern, und was vorher war, erfahren wir von unseren Eltern. Wenn unsere Eltern sterben, bricht die Verbindung zu dieser Zeit ab.

Zwei Tage später brach meine Beziehung zu der Zeit vor meiner Erinnerung ab. An jenem Morgen, so erzählte es meine Schwester, war Vater wie sonst auch immer früh aufgestanden, er war ein Morgenmensch, sie konnte noch hören, wie er sich das Gesicht wusch, dann kam er in die Küche hinunter und kochte sich Kaffee. Sie tranken gemeinsam Kaffee, frühstückten, unterhielten sich, dann setzte er sich auf das Sofa, um ein Nickerchen zu machen. Das war seine Gewohnheit, ein Nickerchen nach dem Essen.

Er starb im Schlaf.

Unsichtbare Fischchen und päpstliche Rosenkränze

Ich arbeite nirgendwo, ich verdiene nur gelegentlich und wenn, dann wenig, ich gebe nichts aus, meine Frau erhält mich, und ich mache gerade eine Chemotherapie, sagte ich eines Morgens ohne jegliche Vorwarnung zu meinem Nachbarn Sjena, der am Balkongeländer angelehnt stand.

In diesen wenigen Worten hatte alles Platz, was man über mich sagen konnte, seit ich eines Abends vor einem Jahr einen Anruf aus meiner Zeitung erhielt, wo ich eine wöchentliche Kolumne hatte, und man mir mitteilte, ich solle von nun an pro Monat nicht mehr vier, sondern nur noch einen Text schicken. Sparmaßnahmen, sagten sie mir. Es war eine unschöne Art, mich loszuwerden, mich wissen zu lassen, dass ich langweilig und schlecht geworden war, dass niemand mehr meine Texte las. Eine schönere Art, es mir mitzuteilen, wäre gewesen, mir geradeheraus zu sagen, dass ich langweilig und schlecht geworden war und niemand mehr meine Texte las. Ich verstand, was man mir gesagt hatte, aber ich dachte darüber nicht nach. Ich dachte darüber nach, warum man mich ausgerechnet um diese Zeit angerufen hatte, es war schon nach neun Uhr abends, um mir eine solche Information mitzuteilen. Hätten sie denn nicht warten und mich am folgenden Morgen anrufen können, dachte ich. Den Mann, der mich angerufen hatte, kannte ich nicht. Er hatte sich zwar vorgestellt, aber sein Name sagte mir nichts. Offenbar war es ein Neuling, ein Anfänger von der untersten Ebene der Pyramide, der niemanden hat, an den er seine unangenehmen und schmutzigen Aufgaben delegieren kann, also muss er sie selbst erledigen. Das wichtigste Motiv für das Hinaufklettern auf der Karriereleiter ist, nach Geld, die Möglichkeit, jemanden unter sich zu haben, der für einen die schmutzigen Arbeiten erledigen kann. Und über sich so wenige Leute wie nur möglich zu haben, die einem solche Aufgaben erteilen könnten.

Gut, antwortete ich und legte auf.

Wer war das?, fragte Lila.

Ein Typ aus der Redaktion.

Was will er um diese Uhrzeit? Sollst du ihnen bis morgen früh einen Text schicken?

Nein, antwortete ich. Diesmal ist es das nicht. Er sagt, ich soll ihnen von jetzt an nur noch einen Text pro Monat schicken.

Nur noch einen Text pro Monat? Warum?

Er sagt, eine Sparmaßnahme. Aber ich glaube, es ist ein Tritt in den Arsch.

Warum?

Ich weiß es nicht.

Und was machst du jetzt?

Nichts. Ich werde ihnen auch den einen Text nicht mehr schicken.

So endete meine journalistische Karriere.

Ich hörte ein Seufzen von der anderen Seite der Glasscheibe. Ich konnte sehen, wie Sjena sich aufrichtete, vom Balkonzaun entfernte und sich hinsetzte.

Verdammte Scheiße, hörte ich ihn sagen. Da bin ja sogar ich noch in einer besseren Situation als Sie.

Das ist kein Kunststück, sagte ich.

Seien Sie nicht undankbar, hörte ich ihn sagen. Viele Menschen auf dieser Welt würden liebend gern mit Ihnen tauschen.

Sie leiden nicht an Hunger und Durst, Sie haben ein Dach über den Kopf, und die Krankheit, meine Güte! Zeigen Sie mir mal einen gesunden Menschen!

Im Versuch, zumindest noch den Rest meiner Würde zu bewahren, fügte ich noch hinzu: Naja, so schlimm ist es ja nicht, ab und an findet sich schon ein Job, und dann bekomme ich auch ein Honorar.

Was sind Sie denn von Beruf?

Schriftsteller.

Schriftsteller!, rief Sjena aus und verhehlte nicht, wie überrascht er war. Was schreiben Sie denn?

Prosa, sagte ich, Romane.

Romane!

Ja, Romane.

Werden Ihre Romane verfilmt?

Nein.

Werden daraus Theaterstücke gemacht?, fragte er und zeigte damit, dass er die Situation von Schriftstellern und Schreibenden gut verstand.

Nein.

Verkaufen Sie Tausende von Exemplaren von Ihren Romanen?

Nein.

Schreiben Sie für eine Zeitung?

Nein.

Arbeiten Sie in einem Verlag?

Nein.

In einer Schule, an der Universität?

Nein, nirgendwo.

Das heißt, Sie sitzen nur zu Hause und schreiben … Ihre … Romane.

Ja.

Na dann haben Sie wirklich ein Problem, Sie sind gefährlich nah dran an den Bettlern und den Obdachlosen, lachte er.

Und Sie, fragte ich zurück, was machen Sie und wofür geben Sie Ihr Geld aus?

Ich bin im Ruhestand.

Das heißt, Sie sind so lange ruhig, bis der Staat bankrott geht.

So irgendwie. Aber die Rente ist mager, sie deckt kaum Betriebskosten, Tabak und Brot ab. Für den Rest komme ich schon irgendwie zurecht, das heißt, ich bediene mich selbst in den Geschäften.

Sie stehlen?

Das ist ein zu grober Ausdruck, sagte er, und in diesem Fall auch falsch. Stehlen ist das, was Leute tun, die mehr nehmen, als sie brauchen, und die auch das an sich nehmen, was sie nicht brauchen. Ich bediene mich nur an dem, was ich wirklich brauche und nur so viel ich brauche, Salami, Kaffee, Fertigsuppe, mal ein Stück Obst, Gemüse, Butter, diese Dinge, nur um nicht hungrig zu sein. Ich ernähre mich bescheiden, ich lebe bescheiden. Ab und zu nehme ich auch einen kleinen Job an.

Einen kleinen Job?

Ja, einen kleinen Job. Sind Sie alt genug, um sich an die *Versteckte Kamera* von Zagreb-TV zu erinnern?

Selbstverständlich, Bahun machte die Sendung.

Genau, Drago Bahun. Dann können Sie sich bestimmt an die eine Episode erinnern, als er auf dem Platz der Republik den Leuten unsichtbare Fischchen verkaufte.

Ich musste lachen. An diese eine Episode konnte ich mich bestens erinnern. Ein Mann stellte sich mit einem Kessel voller Wasser auf den Platz der Republik und rief in die Menge, er würde unsichtbare elektrische Fischchen verkaufen, eine besondere Art von Fischchen, die nur zwischen elf Uhr abends und Mitternacht sichtbar würden. Bald strömten neugierige Schaulustige auf ihn zu, und aus Neugierde wurde bald Massenwahn. Die unsichtbaren Fischchen gingen weg wie die warmen Semmeln, der Verkäufer schöpfte Wasser aus seinem Kessel und schüttete es in Nylonsäcke, er kam mit den Bestellungen kaum nach.

Eigentlich eine tieftraurige Sache, sagte Sjena. Aber dank dieser lobenswerten Eigenschaft der Menschen, auch an das Unsichtbare zu glauben, hatte ich mit meinen Jobs ziemlich viel Erfolg.

Haben Sie auch unsichtbare Fischchen verkauft?

Nicht gerade die, aber etwas Ähnliches.

Was denn?

Allerlei Unsinn. Einen Kostensenker für Handy-Telefonie, der nichts anderes war als ein ganz normales Ladegerät. Oder einen Aufspürer von Radarkontrollen im Straßenverkehr, auch wieder nichts anderes als ein Ladegerät, das man für zehn Kuna kaufen und für fünfzig weiterverkaufen kann.

Was Sie nicht sagen!

Warum verwundert Sie das? Wenn die Menschen in der Lage sind, an unsichtbare Fischchen zu glauben, dann können sie an alles glauben. Je verrückter und unwahrscheinlicher eine Sache ist, desto mehr glauben die Menschen daran. Mit ein wenig Training können sie auch beginnen, an unsichtbare Würste, Brotlaibe, Schweinshaxen, Hemden, Schuhe zu glauben, was weiß ich. In letzter Zeit erzielte ich den besten Absatz mit Rosenkränzen, die der Papst höchstpersönlich gesegnet hatte, und eigentlich handelte es sich um kiloweise gekaufte Bijouterie. Die Kundschaft musste ich gar nicht lange suchen, diese Kunden versammeln sich jeden Sonntag massenweise in den Kirchen, und manchmal versammeln sie sich, um gegen gleichgeschlechtliche Ehe, Abtreibungen, Kommunisten und solche Dinge zu protestieren. Leicht verdientes Geld, außer unmittelbar vor den Kirchen. Dort wurde ich meist von den Priestern vertrieben, die mir drohten und mich als Lügner und Betrüger beschimpften. Tja, so ist das eben, wenn man ins Territorium einer Clique eindringt, die seit zweitausend Jahren das Monopol auf Lüge und Betrug hat und keine Konkurrenz neben sich duldet.

Wie dem auch sei, sagte ich, ich hoffe nur, dass nicht irgendwann eine Zeit kommen wird, in der wir uns an die jetzige Zeit als eine gute alte erinnern werden?

Vielleicht ja, vielleicht nein, sagte er. Wetten würde ich auf das Erstere.

Der Friede kommt mit der Niederlage

Gibt es einen Ort, an dem nicht gestorben und geboren wird?, wollte ich eines Tages von Sjena wissen.

Wie kommen Sie jetzt darauf?

Mir ist etwas eingefallen.

Themenverfehlung, hörte ich ihn sagen, totale Themenverfehlung. Wir können nicht wissen, sagte er, ob ein solcher Ort existiert oder nicht. Aus dieser Dimension heraus, in der geboren und gestorben wird, können wir das einfach nicht wissen. Das gilt auch für das Sprechen über den Tod, der, wie der alte Ludwig sagte, kein Ereignis im Leben ist, weil man ihn nicht erlebt.

Der alte Ludwig?, fragte ich.

Ja, Wittgenstein, sagte er, und versuchte nicht, sein Erstaunen zu verbergen. Sie als Schriftsteller müssten den *Tractatus* auswendig kennen. Oder nicht?

Sein Stachel war tief eingedrungen.

Und Sie schmücken sich da mit fremden Federn und paradieren umher, als ob … als ob das irgendetwas zu bedeuten hätte, diese leeren Worte.

Natürlich haben sie etwas zu bedeuten, sagte er und schien erregt darüber, dass es ihm gelungen war, mich aus der Reserve zu locken, diese Worte geben uns zu denken, das ist Nahrung für das Hirn, das sind Kōans, die uns aus der alten, verhärteten Haut herauszuholen vermögen.

Ich versuchte dennoch, das bisschen Stolz, das ich noch hatte, zu retten und erwiderte, es sei doch vollkommen offensichtlich, dass derjenige, der stirbt, seinen eigenen Tod nicht mehr erlebt, und es sei dumm, dies besonders herauszustreichen.

Zwar wusste ich, dass ich nur tiefer sinken und damit bestätigen würde, dass sein Stachel sein Ziel nicht verfehlt hatte, dennoch fuhr ich fort und sagte, über dieses Thema hätten schon so viele Menschen so vieles gesagt, alles sei schon gesagt, ich sähe nicht, warum irgendjemand diesen längst gekauten und schon ausgespuckten Kaugummi wiederkäuen sollte.

Ich hatte das Gefühl, dass Sjena sich ins Fäustchen lachte, aber vielleicht war es nur Blätterrauschen.

Ich aber war inzwischen richtig genervt. Ich weiß gar nicht, was mich mehr aus dem Takt gebracht hatte. Die Tatsache, dass Sjena mir meine Bildungslücken auf die Nase band? Oder der Umstand, dass er die Gedanken eines anderen benutzte, um über den Tod zu sprechen, aber keine Ahnung hatte, wovon er sprach. Als die Ärzte mich in dem Glaskäfig wiederbelebten, war ich um ein Haar der Möglichkeit ausgewichen, unter der Erde zu landen. Und nach alldem muss ich zugeben, es ist mir scheißegal, ob der Tod nun ein Ereignis im Leben ist oder nicht, oder wer sonst noch etwas Schlaues dazu zu sagen hatte. Darüber hinaus freue ich mich außerordentlich darüber, dass ich noch immer wie ein Süchtiger, völlig unkritisch, das Leben liebe. Und dass ich schlussendlich glücklich bin, am Leben zu sein.

Dass ich wie ein Verrückter, unermesslich, fürchterlich glücklich bin, dass ich vor lauter Glück krepiere. Morgens wache ich auf und lächle, weil Turteltauben auf Birkenästen turteln, weil Autos brummen, weil das Wasser im Wasserkocher siedet, weil der Kaffeegeruch sich in der Küche ausbreitet … Alles um mich herum ist lebendig, und ich lache diesem Leben zu, und ich singe, und ich springe vor Fröhlichkeit. Würde mein Glück von einer prall gefüllten Geldtasche abhängen, von einem vollen Magen, einem vollen Kleiderschrank, dann würde ich das Leben, das mir gegeben ist, nicht verdienen. In jedem Augenblick kann ich sterben, aber in keinem Augenblick kann ich aufhören zu leben. Mein Glück erwächst aus dem Frieden, aber der Friede kam mit der Niederlage. Mit dem Verlust.

Sieg und Gewinn verlangen Aufmerksamkeit, Paraden, Zeremonien, Glanz, und weitere Siege, Zeremonien und Glanz, und noch mehr, und noch mehr, und noch mehr. Was für ein Theater. Die Niederlage dagegen ist leise, zurückgezogen, einfach, bescheiden, weit weg von den Hauptstraßen, sie verlangt nicht nach Aufmerksamkeit, sie ist selbstgenügsam. Und Nein, ich möchte kein neues Kartenspiel, ich will keine Revanche. Das Spiel soll ruhig ohne mich weitergehen, diejenigen sollen es haben, die Wert darauf legen zu betrügen, zu lügen, zu stehlen, zu kriechen, ihre Ellbogen auszufahren und sich zu prügeln, um bloß näher an den Tisch heranzukommen. Lieber würde ich alleine Hunger leiden, als in ihrer Gesellschaft die Reste zu essen. Ich spiele mein Spiel, für das ich die Regeln selbst festgelegt habe, und das, was diese Leute für superwichtig und wertvoll erachten, sind bloß Rasseln, die man Kindern zusteckt, damit sie aufhören zu weinen. Ich betrachte diese Leute, die Arbeit, mit der sie sich schinden, das Brot, das sie im Schweiße ihres Angesichts verzehren, die Gier, mit der sie nach den Dingen greifen, ihre ewige Angst vor dem morgigen Tag, ihre krankhafte Anstrengung, jemand zu werden – ich denke, sie sind verrückt.

Dieses Brot. Dieses gute alte Brot, um das sich alles dreht. Man sagt, wer fleißig arbeitet, der braucht den Hunger nicht zu fürchten. Was für eine faustdicke Lüge. Der Hunger war immer schon Stammgast bei den Armen, ganz gleich ob sie fleißig arbeiteten oder nicht, der Hunger suchte die Dörfer, die Arbeiter- und Armenviertel auf, das war gestern und heute so, und morgen wird es auch so sein. Nur die Reichen konnten sich überfressen und fett werden, ganz gleich, ob sie fleißig arbeiteten oder nicht, das war gestern und heute so, und morgen wird es auch so sein.

Aber, genug davon, wir wollen hier nicht mit der Wahrheit um uns werfen. Zu wertvoll ist die Wahrheit, als das man sie leichtfertig verbrauchen sollte. Und wie alle anderen reinen, unverwässerten Stoffe ist auch die Wahrheit in allzu großen Mengen schädlich, und nicht jeder ist immun gegen sie. Gestorben, nachdem er sich einer hohen Dosis reinster Wahrheit ausgesetzt hatte – wie würde eine solche Todesanzeige klingen? Besser ist, man hält sich an die Lüge, sie ist es, die menschliche Lebewesen zu Gemeinschaften versammelt, sie ist leicht verdaulich und stets zur Hand.

Nahestehende Fremde

Wir speisen wie ein adeliges Ehepaar aus einem Film, jeder am anderen Ende des Tischs. Nur dass unser Tisch nicht ganz so lang ist und unsere Sitzordnung nicht durch unsere gesellschaftliche Stellung und Abstammung bedingt ist, sondern dadurch, dass Lilas Arbeitskollegin positiv getestet wurde, weshalb Lila nun der Meinung ist, es wäre klug, auf Abstand zu mir zu gehen. Ohnehin schlafe ich schon seit einigen Tagen auf dem Sofa im Wohnzimmer. Das Virus schneidet Beziehungen durch, sorgt dafür, dass die Menschen sich voneinander entfernen. Die Gefahr geht nicht nur von Fremden aus, sondern auch von unseren Allernächsten. Lila, meine mir nahestehende Fremde. Sven ist ein etwas entfernterer Fremder, er isst in seinem eigenen Zimmer.

Das Fenster im Esszimmer ist offen. Einfaches Essen steht auf dem Tisch, eine Miso-Suppe, ein Pilzrisotto und ein Tomatensalat mit Nüssen und Honig. Lila liest laut aus meinem Notizbuch vor, das ich unvorsichtigerweise auf dem Küchentisch liegen gelassen habe:

»Ich kann ihr nicht davonlaufen, der Kampf gegen sie ist vergeblich, verleugnen hilft mir nicht weiter. Also habe ich zugelassen, dass sie mich durchdringt, ich habe mich mit ihr ausgesöhnt. Ich habe sie so akzeptiert, wie ich einen unerwarteten Stromausfall akzeptiere, einen leeren Autoreifen, einen Kaugummi auf meiner Schuhsohle. Jetzt haben wir eine gute Beziehung zueinander, meine Angst und ich. Wenn sie kommt, lasse ich zu, dass sie mich umarmt, ich umarme sie auch, eine Zeitlang bleiben wir in unserer Umarmung, dann geht sie wieder weg.«

Was ist das?, fragt Lila und schiebt mir die Schüssel mit dem Risotto zu.

Erstens einmal, das ist ein Risotto, antworte ich. Zweitens ist es unanständig, seine Nase in fremde Notizbücher zu stecken. Drittens ist das eine Kritzelei. Ich kritzle herum, weil ich das Gefühl habe, mit manchen Dingen besser zu Rande zu kommen, wenn ich sie niederschreibe.

Ich meine, welche Angst genau meinst du?, fragt Lila.

Welche Angst? Die allergewöhnlichste Angst, lache ich, unsere tägliche Angst.

Das würde ich so nicht sagen, sagt Lila.

Wir essen schweigend.

Hast du Angst vor dem Tod?, fragt Lila und unterbricht unser Schweigen.

Ich schaue ihr in die Augen.

Natürlich habe ich Angst vor dem Tod, sage ich. Wie Romain Gary schon sagte, ich liebe das Leben so sehr, dass ich lieber sterben würde, als mich davon loszusagen. Aber, warum fragst du mich das?

Weil du im Sommer am Rande warst. Die Ärztin hat mir gesagt, es grenzt an ein Wunder, dass du davongekommen bist.

Wenn wir schon bei diesem fröhlichen Thema sind, sage ich, das freut mich sehr, dass ich im Sommer gerade noch davongekommen bin, denn mehr, als dass ich Angst vor dem Sterben habe, habe ich Angst, im Krankenhaus zu sterben.

Warum?, fragt Lila, beißt sich sogleich auf die Zunge und schaut mich schuldbewusst an.

Weil ich ein Snob bin, sage ich lachend. Macht nichts, es ist gut, dass wir darüber sprechen, Sprechen ist heilsamer als Aufschreiben. Im Sommer habe ich, erinnerst du dich, noch geweint, als wir darüber sprachen, und wie du siehst kann ich jetzt dabei in Ruhe mein Risotto und meinen Salat kauen. Ich habe dir ja erzählt, wie ich manchmal oben im Krankenhaus lautlos geweint habe. Ich wollte nicht, dass die anderen mich hörten. Es war die reinste Verzweiflung.

Lila nickt als Bestätigung.

Und ja, der Gedanke, im Krankenhaus zu sterben, widert mich an. Es soll lieber irgendwo auf einem Berg passieren, zu Hause im Sessel mit einem Buch am Schoß, in einem Bordell in Berlin mit einem Fräulein auf dem Schoß, einem Zigarillo in der einen und einer Flasche Mezcal in der anderen Hand.

O nein, mein Lieber, unterbricht mich Lila, dieses Arrangement in Berlin habe ich dir für deinen siebzigsten Geburtstag versprochen, klau mir nicht meine Ideen und eile mir nicht voraus. Schmeckt dir das Risotto?

Es ist perfekt, antworte ich, der Salat ebenso. Ich hoffe, ich lerne auch eines Tages, etwas so Schmackhaftes zuzubereiten.

Das wirst du, sagt sie, wenn du einmal groß wirst.

Die Kirche des Barabbas

Die Nebenwirkungen der Chemotherapie sind gelinde gesagt noch harmlos, verglichen damit, was manche Menschen in mir auslösen.

Viele Menschen.

Die meisten Menschen.

Zum Beispiel jene Menschen, die unter Patriotismus, Nationalismus, Dogmatismus und ähnlichen Geisteskrankheiten leiden und dann andere mit ihren Problemen belästigen. So wie auch jene, die sich vor den Krankenhäusern versammeln und gemeinsam beten. Da sind sie schon wieder. Ich gehe an ihnen vorbei und höre ein monotones Gebetsgemurmel. Heuchler, wie sie im Buche stehen: »Und wenn ihr betet, macht es nicht wie die Heuchler, die sich zum Gebet gern in die Synagogen und an die Straßenecken stellen, um von den Leuten gesehen zu werden.« Diese Leute hier beten gegen die Abtreibungen. Für das Leben, so steht es auf einem Zettel neben dem Bild der Jungfrau Maria geschrieben. Für das Leben?! Fremdes Leben wollen sie also retten, dabei können sie nicht einmal ihr eigenes retten. Was für Rotznasen. Diesen Leuten fehlt es am eigenen Drama, an der Liebe, am Leben, also parasitieren sie am Leben der anderen. Hätten sie ein eigenes Leben, wüssten sie überhaupt, was das ist, das Leben, dann würden sie nicht hierherkommen und andere malträtieren, ihre Nase in fremde Leben stecken. Ich schaue sie an. Diese gebrechlichen, ergrauten Frauen, diese gebrechlichen, ergrauten Männer. Ihre leeren Augen. Wo sind ihre Kinder? Haben sie überhaupt

Kinder? Haben diese Leute jemals anständig gevögelt, haben sie jemals geliebt? Sie schauen nicht so aus. Wenn man mich fragen würde, ich würde in diesem Fall als Therapie das gute, alte, zärtliche, ausschweifende Vögeln verschreiben. Aber da haben wir auch schon das Problem. Wie kann ein vertrocknetes, verhärtetes Herz einen Schwanz hart, eine Muschi feucht machen? Der Gedanke, dass du Staub bist und zu Staub wirst, hilft bei dieser Sache auch nicht weiter. Man kann nicht lieben und Liebe machen, während man zugleich erzittert, vor lauter Angst, eine Sünde zu begehen.

Gute Ideen können mit der Zeit verderben, denke ich, während ich ins Krankenhaus gehe, und können zu bösen werden. Aber böse Ideen bleiben böse, logischerweise, an ihnen ist nichts dran, was noch zusätzlich verderben könnte. Durch sein Verderben wird das Böse nicht zum Guten, denke ich, oder habe ich da etwas falsch verstanden?

Jesus war von Liebe angetrieben, und er predigte die Liebe, aber was ist aus seiner Lehre geworden? Die Kirche, Verfolgung, Glaubenskriege, gewaltsame Glaubensbekehrung, Inquisition, Genozid, Konservative und Rechte. Lauter Typen, in deren Augen die Lehre Jesu nichts anderes als die reinste Blasphemie ist. Stellt euch nur vor, was für ein Gesicht würde ein kroatischer Rechter machen, wenn ihr zu ihm sagen würdet, er solle seinen Nächsten lieben, er solle seine Feinde lieben, er solle sogar die Serben lieben, er solle nicht stehlen, er solle die andere Wange hinhalten, wenn ihm jemand eine Ohrfeige verpasst, er solle vergeben … Na, er würde durchdrehen. Solche Leute denken, Evangelien seien kommunistische Hirngespinste, linke Propaganda, Schwulengeschwätz.

Woran denken Sie gerade?, fragt mich eine Krankenschwester, während sie eine Kanüle in meine Vene einführt.

Ich betrachte das Plastikgefäß mit der krankhaft-roten Flüssigkeit, die sich demnächst in meinen Körper ergießen wird. Eine Flüssigkeit, die Tod und Leben zugleich bringt. Mir wird übel allein schon von der Farbe. Wie ist es ihnen bloß gelungen, eine solche Farbe zusammenzumixen?

Ich denke gerade an die Evangelien und an den guten Herren Jesus, meine gute Schwester, antworte ich.

Das glaube ich Ihnen nicht, sagt sie.

Warum?

Sie sind nicht der Typ dafür, sagt sie und geht weg.

Ich aber sage euch: Liebt eure Feinde und bittet für die, die euch verfolgen, rufe ich ihr nach.

Mir scheint, ich kann noch hören, wie die gefärbte Flüssigkeit in meinen Venen blubbert, während ich allmählich in einen Halbschlaf gleite. Ich döse in meinem Bett am Gang neben Heizkörper und Fenster, abgetrennt durch ein Paravent von den anderen Patienten, ich betrachte den Himmel und die Wolken, auf diese Weise vergehen die zwei Stunden hier am schnellsten, und die Wellen der Übelkeit sind nicht ganz so stark.

Liebt eure Feinde und bittet für die, die euch verfolgen. Eine bessere Anweisung für die Zerstörung des Rads der Macht ist mir bislang noch nicht untergekommen. Das Rad der Macht dreht sich schon seit gut zwanzigtausend Jahren, aber noch immer wirkt es so, als wäre es soeben frisch unter dem Hammer herausgekommen, und es macht nicht den Anschein, als würde es seine Drehungen demnächst einstellen. Viele haben versucht, das Rad der Macht aufzuhalten, zu brechen, aber in der Regel haben sie ein schlechtes Ende genommen. Solche Menschen wurden von der Meute gesteinigt, erhängt, gekreuzigt, auf Scheiterhaufen verbrannt, in Kerker geworfen, bei lebendigem Leib eingemauert. Die Meute liebt nichts so sehr, wie dieses Rad in Bewegung zu setzen, beim Hängen zuzusehen, sich an brennenden Scheiterhaufen zu wärmen. Den Leuten ist es einerlei, was genau als Treibstoff dient, ob Menschen, Tiere, Bücher ... Sie wärmen sich, setzen das Rad in Bewegung und grunzen zufrieden. Heute wie gestern, und bis in alle Ewigkeiten.

Die biblische Erzählung handelt von zwei Männern. Einer entging dem Kindermord, der andere beteiligte sich am Kindermord. Der eine wurde verurteilt, weil er die Liebe säte, der andere, weil er den Tod säte. Der erste wurde gekreuzigt, der andere wurde gefeiert und auf den Schultern getragen.

Als Jesus in Bethlehem zur Welt kam, kamen die drei Weisen aus dem Morgenland nach Jerusalem und fragten: »Wo ist der neugeborene König der Juden? Wir haben gesehen, wie sein Stern aufging, daher kamen wir, um uns vor ihm zu verbeugen.« König Herodes hörte davon und bekam es mit der Angst zu tun, ganz Jerusalem bekam es mit der Angst zu tun, und so rief Herodes sämtliche Geistliche und Schreiber herbei und fragte sie, wo Jesus geboren worden war. »In Bethlehem in Judäa«, antworteten sie, »denn so schrieb es der Prophet: Du, Bethlehem im Gebiet von Juda, bist keineswegs die unbedeutendste unter den führenden Städten von Juda; denn aus dir wird ein Fürst hervorgehen, der Hirt meines Volkes Israel.« Da rief Herodes die Magier zu sich, wollte von ihnen wissen, wann sie den Stern erblickt hatten, und hieß sie nach Bethlehem ziehen, sich dort nach dem Kind erkundigen und ihn benachrichtigen, denn auch er wolle sich vor dem Kind verbeugen. Die Magier gingen vom König weg, den Weg zeigte ihnen der Stern, der schließlich dort stehen blieb, wo das Kind war. Sie betraten ein Haus und fanden ein Kind mit seiner Mutter vor, gingen zu Boden, verbeugten sich und beschenkten es mit Gold, Weihrauch und Myrrhe. Danach erhielten sie im Traum die Anweisung, nicht mehr zu Herodes zurückzukehren, also wählten sie einen anderen Weg, um in ihre Heimat zurückzukehren. Nachdem die Sterndeuter abgereist waren, erschien auch dem Josef ein Engel des Herrn im Traum und sagte: »Steh auf, nimm das Kind und seine Mutter, und flieh nach Ägypten! Bleibt so lange dort, bis ich dir Bescheid gebe. Denn Herodes sucht das Kind und will es umbringen lassen.« Josef hörte auf den Rat und flüchtete mit seiner Familie nach Ägypten, wo sie bis zum Tod des Herodes blieben. Als Herodes merkte, dass ihn die Sterndeuter getäuscht hatten, wurde er sehr zornig, und er ließ in Bethlehem und der ganzen Umgebung alle Knaben bis zum Alter von zwei Jahren töten, genau der Zeit entsprechend, die er von den Sterndeutern erfahren hatte. Damals erfüllte sich, was durch den Propheten Jeremia gesagt worden ist: Ein Geschrei war in Rama zu hören, lautes Weinen und Klagen: »Rahel weinte um ihre Kinder wollte sich nicht trösten lassen, denn sie waren dahin.«

Tausendneunhundertdreiundneunzig Jahre später wurden in der Nähe einer anderen Stadt als Rama, nämlich in Ahmići, nicht nur alle Knaben bis zum Alter von zwei Jahren getötet. In Ahmići wurden sämtliche Dorfbewohner getötet, einhundertsechzehn Menschen, darunter zweiunddreißig Frauen und elf Kinder, das jüngste war drei Monate alt. Folgendermaßen trug es sich zu: Die Armee des Herodes blockierte das Dorf von drei Seiten, und auf der vierten lagen Heckenschützen auf der Lauer, die jeden töteten, der versuchte, das Dorf zu verlassen. Die Soldaten verschafften sich Zutritt zu den Häusern, fanden dort die Kinder mit ihren Müttern und Vätern vor, warfen sie zu Boden, beschenkten sie mit Gewehrkugeln, Messern und Flammen. Die meisten Opfer wurden aus unmittelbarer Nähe getötet, einige Männer wurden gefesselt und anschließend ermordet. Einige wiederum wurden bei lebendigem Leib verbrannt. Der wichtigste Stellvertreter des Herodes, der das Massaker organisiert hatte, wurde zu fünfundzwanzig Jahren Gefängnis verurteilt, allerdings nicht in Judäa, sondern in Germania inferior. In Judäa hatte Herodes die Mörder versteckt, ihnen eine neue Identität geschenkt, neue Dokumente. Der wichtigste Stellvertreter wurde erst nach Herodes' Tod verurteilt, neben einigen anderen Stellvertretern und Exekutoren, einschließlich jener, die sich in Judäa bis dahin versteckt gehalten hatten. Auch Herodes selbst hätte auf der Anklagebank Platz nehmen müssen, aber er entzog sich seiner Anklage, indem er zuvor starb. Als der wichtigste Statthalter des Herodes nach Ablauf seiner Strafe aus dem Gefängnis entlassen wurde, hielt ein Hohepriester eine Feier für ihn ab, umarmte ihn, küsste ihm die Hand und sagte: »Unsere Gefühle müssen auch in Worten Ausdruck finden: Du bist uns teuer, wir lieben dich, und wir bitten für dich. Du hast so viele Jahre am Kreuz der Gefangenschaft ausgeharrt, und nun bist du am Ende dieser Kreuzperiode angelangt. Wir freuen uns und bitten, du mögest zu deiner Familie zurückkehren, das hast du mit deinem aufrechten Stand vor der ungerechten Verurteilung und vor jenen, die dich nicht verstehen, verdient, so wie sie auch unseren Herren nicht verstehen, der verurteilt war und gekreuzigt, aber zum Glück hatte Pontius Pilatus das Volk befragt, wen er freilassen soll, unseren Herren oder den abtrünnigen Jesus, und die Hohepriester und die Ältesten überredeten die Menge, die Freilassung des Barabbas zu fordern, Jesus aber hinrichten zu lassen, und so durfte unser Herr vom Kreuz steigen, so wie auch du heute freigelassen wurdest.«

Denken Sie noch immer über Jesus nach?, fragte die Krankenschwester, während sie den Paravent zur Seite schob.

Ich erschrak für einen Moment.

Über Jesus? Nicht doch, er ist bloß ein Loser. Niemand mag einen Loser. Ich denke über Barabbas nach.

Das Buch der Frauenhasser

Hör mal zu, sprach Sjena eines Abends.

Wir hatten lange geschwiegen, eingelullt vom Rauschen der Birken- und Lindenblätter. Es waren seltene Augenblicke, in denen alles verstummte, die Menschen, die Hunde, die Vögel, die Autos, die Wohnhäuser, alles außer dem Wind in den Baumkronen, Augenblicke der Ruhe.

Unter Frauen halte dich nicht auf, sprach Sjena weiter. Denn aus dem Kleid kommt die Motte, aus der einen Frau die Schlechtigkeit der andern. Besser ein unfreundlicher Mann als eine freundliche Frau und besser eine gewissenhafte Tochter als jede Art von Schmach.

Was für ein Scheiß soll das sein?, fragte ich ihn. Wo hast du das schon wieder her? Von der Wand einer öffentlichen Toilette, aus dem Manifest der Frauenhasser, oder wie?

Seit einigen Wochen waren wir per Du.

Klingt wie ein Manifest der Frauenhasser, sagte er, aber deine Vermutung mit der Toilettenwand ist auch nicht unbegründet. Weder das eine, noch das andere, sondern es ist die Bibel, Altes Testament, Buch Sirach. Wenn du schon nicht deinen Wittgenstein gelesen hast, fügte er boshaft hinzu, dann musst du doch zumindest die Bibel gelesen haben und diese ganzen Weisheiten kennen.

Du schon wieder, sagte ich. Wenn du es schon so genau wissen willst, ich habe einige Teile des Evangeliums gelesen, außerdem das Hohelied, Hiob, Kohelet, hauptsächlich die Bücher der Weisheit.

Sirach zählt auch zu den Büchern der Weisheit, sagte er.

Ach was, mit solchen Schweinereien.

Da stehen noch einige interessante Sachen drin, von wegen, dass jeder Mensch, außer dass es sein Los ist, sich abzurackern, auch zeitlebens zu Neid, Not, Wut, Unruhe, Angst, Streit und Kampf verdammt ist.

Aha, da haben Hobbes und die anderen Bösewichte ihre Ideen her, dachte ich. Na klar, es ist einfacher, einen solchen Fraß zu verdauen, als etwa Pythagoras, Lao Tse und Jesus, dachte ich, während ich eine Turteltaube beobachtete, die es sich auf dem Ast einer Birke gemütlich gemacht hatte.

Kohelet, der Prediger, ist ganz in Ordnung, fuhr Sjena fort, aber auch er tritt manchmal daneben, wenn es zum Beispiel heißt, die Frau sei bitterer als der Tod, ihr Herz sei ein Unglücksnetz und ihre Hände seien Ketten, in denen Sünder herumzappeln.

Das muss ich wohl übersehen haben, sagte ich.

Eher hast du es gar nicht gelesen, sagte Sjena fröhlich. Alle lesen im Wesentlichen nur, dass es nichts Neues unter der Sonne gäbe, und das ein jegliches seine Zeit hat, geboren werden hat seine Zeit, sterben, lachen, weinen und Ähnliches, und damit hat es sich dann. Nur wenige lesen die Bibel bis zum Ende.

Und du bist also so etwas wie ein Bibelexperte?

Ach was, weit davon entfernt. Ab und zu nehme ich die Bibel in die Hand, um besser zu verstehen, warum es den Menschen leichter fällt, die Bosheiten des Alten Testaments anzunehmen als die Liebe Jesu.

Vermutlich liegt das daran, sagte ich, dass diejenigen die Welt beherrschen, die verdorben sind und andere missbrauchen, und ihr Werk geht ihnen leichter von der Hand, wenn sie die anderen dazu bringen, sich gegenseitig zu hassen und auszurotten, als einander zu lieben und gernzuhaben. Wenn du die Menschen gegeneinander aufhetzen möchtest, dann wirst du ihnen nicht Gras geben, sondern Methamphetamine und Alkohol.

Siehst du, sagte Sjena, das was du sagst, ist nicht ganz verkehrt. Aber lassen wir die schweren Themen und reden wir über etwas anderes. Weißt du, dass ich letztes Jahr einer der meist gehassten Menschen in der Stadt war?

Ach ja?

Ja. Ich arbeitete für die Stadt, als Parkplatzwächter. Eine Woche lang ersetzte ich illegal den Sohn eines alten Freundes, der krank war, sich aber nicht krankschreiben lassen wollte, aus Angst, seine Arbeit zu verlieren. Ich suchte Parkplätze auf und legte für die Autofahrer, deren Parkschein abgelaufen war, Strafzettel hinter die Scheibenwischer. Ist dir schon einmal aufgefallen, wie stark ausgeprägt der Hass in dieser Stadt ist? Wie dieser Hass einen umschlingt und am Gehen hindert? Damals spürte ich das ganz stark. Dass die Autofahrer, denen ich Strafzettel verpasst hatte, mich hassten, das konnte ich ja noch verstehen. Aber auch unbeteiligte Fußgänger schrien mich an und beschimpften mich. Trotzdem muss ich ehrlich sagen, es gefiel mir auch irgendwie, ich war sichtbar, die Menschen bemerkten mich, und ich spielte eine Rolle. Am Ende wurde der junge Mann, den ich ersetzt hatte, trotzdem gekündigt, aber nicht etwa, weil man uns dahintergekommen war, sondern weil der Neffe einer Referentin aus einer städtischen Behörde den Job versprochen bekommen hatte. Stell dir vor, man sagte zu ihm, es wäre keine richtige Kündigung, sondern es handelte sich um eine Restrukturierung seiner Dienststelle. So wie man zuvor, um die besagte Referentin einzustellen, eine andere Referentin umstrukturiert hatte, so wie man auch dich umstrukturiert hat, und so geht das unendlich weiter, wie in einem Spiegelsaal. Die Restrukturierten sind die potenzielle revolutionäre Masse in diesem Land.

Ich bin ein potenzieller Bettler und kein Revolutionär, sagte ich trocken.

Das ist schon mal der erste Schritt, sagte er.

Einmal wollte ich von ihm wissen, was er beruflich gemacht hatte. Er schwieg lange, dann bekam ich Folgendes zu hören: Der Mensch ist nur das, was er in diesem Augenblick ist, in diesem kurzen, unwiederholbaren Augenblick. Jetzt bin ich, wie du siehst, beziehungsweise erschnüffelst, ein Zigarettenraucher, der geschmuggelten Tabak aus der Herzegowina raucht, ein Trinker von Kaffee mit fragwürdigem Geschmack, dein Gesprächspartner und Nachbar auf dem Balkon eines Wohnhauses aus Beton, und das ist das Einzige, was zählt. Alles andere ist Fiktion, Märchen, Phantasma. Aber wenn du schon fragst, es geht nicht nach Wunsch und Plan, damit wir das werden, was wir sind, das tun, was wir tun, und so enden, wie wir enden. Niemand hat sich selbst ganz in der Hand, und niemand ist allein in einem unendlichen Vakuum, also kann sich auch niemand brüsten, er hätte dies entschieden oder jenes entschieden. Ganz im Gegenteil, wir sind alle dicht aneinandergedrängt und teilen uns die Welt mit Milliarden anderer Lebewesen. Und überall kocht es, überall kommt es zu Verflechtungen und Entflechtungen und dann wieder Verflechtungen, ohne unseren Willen und ohne dass wir selbst die Finger dabei im Spiel hätten. Ein scheinbar bedeutungsloses Ereignis, wie etwa Schritte im Haustor oder das Geräusch eines Rasenmähers im Park, kann Ereignisse in Gang setzen, die unser Leben verändern werden.

Plötzlich verstummte er. Manchmal war sein Schweigen schwer und finster, wanderte von seinem Balkon zu meinem herüber und umhüllte mich wie ein kalter Nebelumhang. In solchen Momenten machte sich Unbehagen in mir breit.

Komm schon, hör auf mit diesem Schweigen, sagte ich dann zu ihm.

Er lachte.

Hast du Angst, oder wie? Du sollst auch Angst haben, diese Welt ist gefährlich.

Na da hast du ja nichts Geringeres als das Feuer für mich entdeckt, sagte ich.

Scheiß aufs Feuer, sagte er, ich entdecke für dich auch den Heizkörper und den Elektroherd.

Alle Tiere sind mit dem gleichen Anspruch auf Leben geboren

Morgens steigen wir aus dem Bett, atmen, gehen, fahren, sitzen, essen, trinken, arbeiten, lesen, unterhalten uns, während der Tag zur Nacht hinwirbelt, und so geht es von Tag zu Tag, von Nacht zu Nacht, so lange, bis wir ins Gras beißen. Die Zeit ist ein Agens, das uns angreift und schmelzen lässt, und da kann man wenig dagegen tun. Minuten, Stunden, Tage, Monate, Jahre, lauter Ziegelsteine in den Mauern des Gefängnisses, das der Mensch sich selbst baut und in dem er sich freiwillig eingeschlossen hat. Solche und ähnlich düstere, freudlose Gedanken schwirren in meinem Kopf umher, während ich am Abend auf dem Balkon sitze. Ich bin allein zu Hause. Lila ist unterwegs, Sven mit seinen Freunden draußen und von Sjena keine Spur. Vermutlich verkauft er irgendwo Rosenkränze oder unsichtbare Fischchen, wer weiß.

In einer Wohnung hört jemand die Nachrichten. Die Situation sei sehr ernst, ist zu hören, aber die Regierung hätte alles unter Kontrolle und bald könnte man … Warum drehen sie den Ton nicht leiser, denke ich, sind sie etwa taub? Irgendwo habe ich gelesen, die nonverbale Kommunikation würde eine genaue Information über das Gesprochene liefern, da der Körper die Lüge, die der Mund ausspricht, nicht nachvollzieht, und daher hätten gehörlose Personen ein sehr feines Sensorium, um Emotionen, Gesichtsausdrücke und Körperbewegungen zu lesen. Und anscheinend lachen sie sich dann halbtot vor dem Fernseher, wenn sie Politiker sehen, deren Lüge sich am Körper zeigt. Diesen Politiker, der gerade spricht, kann ich nicht in der Nachrichtensendung sehen, seine Körpersprache ist mir nicht zugänglich, ich kann ihn bloß hören. Aber ich kann ihn nicht verstehen, ich begreife nicht, worüber er spricht, der Sinn seiner Worte läuft mir davon, sofern das, was er da redet, überhaupt einen Sinn hat. Vermutlich hat es keinen. Ein solcher Mensch ist in der Lage, stundenlang zu sprechen und dabei gar nichts zu sagen. Solche wie er haben vor nichts mehr Angst als vor der Wahrhaftigkeit. Sie leben davon, neue Lügen zu erfinden und alte wieder aufzuwärmen. Zwingt man eine solche Person, etwas Wahrhaftiges auszusprechen, könnte sie einen Nervenzusammenbruch erleiden, krank werden, sterben.

Dieser Typ scheint an dem Abend gar nicht mehr aufhören zu wollen. Seine Worte sind Fliegenschwärme, riesige, dichte Schwärme, sie rauben einem die Atemluft, man kann nichts mehr sehen oder hören, diese Worte beschwören keine Bilder und keinen Sinn herauf, nichts, bloß dichte Wolken aus kleinen Fliegen, die einem durch Mund, Nase, Augen und Ohren in den Kopf hineinkriechen. Der Politiker war nicht in der Lage, klar zu denken und zu sprechen, wohl aber, und das musste man ihm wirklich lassen, verfügte er über ein ausgezeichnetes Gespür dahingehend, wann und wem er in den Arsch kriechen musste und wann und wem etwas in den Arsch zu schieben war. Eine glänzende Arschkarriere.

Und dann dachte ich mir: Und was habe ich selbst erreicht? Was kann ich darüber sagen? Nichts. Ich bin nur hier. Ich habe nicht viel, und ich weiß nicht viel. Die Menschen haben viel, aber sie haben auch nicht viel, sie wissen viel, aber sie wissen auch nicht viel, so ist das. Du kannst nicht alles haben und alles wissen, also ist es dumm, sich aufzuregen und um Besitz und Reichtum und solche Dinge zu kämpfen. Du sollst so viel haben und wissen, wie es für dich nötig ist, alles andere kannst du den Ambitionierten überlassen. Sogar der

Dumme ist in der Lage, genug Wasser zu trinken, wenn er Durst hat, etwas Warmes anzuziehen, wenn ihm kalt ist, etwas zu essen, wenn er Hunger hat, sagte Meister Bankei Eitaku zu seinen Schülern und ermunterte sie, dumm zu sein. Ich bin nicht der Schüler eines alten Meisters, sondern habe von Natur aus ein Talent für Dummheit und habe es diesbezüglich weit gebracht. Ich bin so dumm, dass ich Handy, Computer und Auto so lange benütze, bis meine Geräte komplett den Geist aufgeben, und meine Schuhe trage ich so lange, bis Lila zu mir sagt, dass ich keine Chance habe, mit einem solchen Müll an meinen Füßen mit ihr in die Stadt auszugehen. Ich bin also schon weit gekommen, aber noch immer lerne ich. Wie heißt es so schön, die Grenze des sichtbaren Weltalls ist meine Grenze. Was darüber hinaus noch ist, weiß ich nicht. Seit es Menschen gibt, ist es populär und nützlich, sich unterschiedliche Häute überzuziehen, so zu tun, als wäre man jemand anderer, als hätte man in seiner Garage einen Ferrari, dabei fährt man einen dreizehn Jahre alten Škoda Fabia Combi. Ich habe keine Garage, ich habe keinen Ferrari, ich fahre einen dreizehn Jahre alten Škoda Fabia Combi, und auch diese eine Haut ist mir schon zu viel, sie war mir immer schon zu viel, sie erinnert mich daran, dass in ihr etwas eingeschlossen ist, was man mit Dressur dazu gebracht hat, Ich zu sein. Sollte ich mich jemals von dieser Haut befreien können, dann würde ich, so fühlte ich es, denjenigen entdecken, der mich atmete, bewegte, lebte … Ich habe mich oft gefragt, woraus wächst der Mensch, wer ist wirklich derjenige, der mich zum Wachsen bringt, der meine Lungen, mein Herz, mein Hirn, meine Augen, Muskeln, Knochen, alles aufbaut. Ganz bestimmt ist es nicht ein Gott, und noch weniger wahrscheinlich derjenige, den man gedrillt hat, Ich zu sein – derjenige, der denkt, der Bedürfnisse hat, der liest und schreibt, arbeitet, Bedürfnisse stiftet und befriedigt. Also, derjenige, der sich mit Kleinigkeiten beschäftigt. Und der nicht sagen kann, so, jetzt lasse ich dein Haar wachsen, ich mache, dass dein Herz klopft und dein Blut durch den Körper pumpt, dass die Nahrung, die du zu dir nimmst, sich auflöst und damit jede Zelle genährt wird, dass du den Baum dort drüben siehst, dass du die Geräusche aus dem Nachbarhaus hörst, dass du den schwarzen Tee riechst. Nichts von all dem kann derjenige bewirken, den ich gelernt habe, als mein Ich zu betrachten, sondern das tut derjenige in mir, den ich nicht kenne, den ich aber fühlen kann und kennenlernen sollte. Aber auch er kann nicht bewirken, dass heute Abend Sjena auf seinem Balkon auftaucht, der mir allmählich zu fehlen beginnt.

Und dann kommt eine Nacht wie diese, voller schwarzer rauschender Blätter, das eine oder andere Auto fährt vorbei, das Brummen verschwindet, sobald es hinter dem Supermarkt abbiegt, und es bleibt nur noch das Ticken der alten, keramischen Wanduhr.

Und ab und zu bellt irgendwo ein Hund.

Mit der Dunkelheit kommt die Übelkeit. Sie kommt aus der Ferne, aus dem verwässerten Blut, von den Spitzen meiner Wimpern, aus dem Abgrund meiner geweiteten Pupillen, aus der Röte meiner Sklera.

Und die Mücken.

Sie zögern nicht, auf mich loszugehen, in ihrem Angriff steckt kein Fünkchen Zweifel an ihrem Erfolg. Eine Mücke landet auf meinem Arm, bohrt ihren Rüssel in meine Vene, und es ist ihr letzter Flug, stellt sich heraus. Ich murmle zufrieden, während ich das zerquetschte Körperchen der Mücke auf meinem Unterarm betrachte, obwohl ich spüre, dass es nicht in Ordnung ist, einem Lebewesen das Leben zu nehmen, denn alle Lebewesen sind Brüder und Schwestern und so weiter, zudem gibt es ja Chartas, Gesetze und Direktiven zum Tierschutz.

Artikel eins der UN-Charta zum Tierschutz ist so gut, dass er ins Regelwerk zum Schutz von Menschenrechten und Freiheiten in der Verfassung aller Staaten implementiert werden sollte. Hört euch das mal an: »Alle Tiere sind mit dem gleichen Anspruch auf Leben und dem gleichen Recht auf Existenz geboren.« Genial, fantastisch, glänzend. Drehen wir doch, diesem Text zu Ehren, den Finalsatz von Beethovens Neunter auf maximale Lautstärke. GLEICHER ANSPRUCH VOR DEM LEBEN. So viel Schönheit steckt in keiner staatlichen Verfassung in Bezug auf Menschenrechte. Dort ist nur die triviale GLEICHHEIT VOR DEM GESETZ verbrieft. Allzu leicht vergisst man, dass Gesetze nicht vom Himmel und auch nicht aus den Wolken fallen, sie keimen nicht aus einem Samen hervor, wachsen nicht aus dem Boden, entwickeln sich nicht in einer Gebärmutter oder in einem Ei. Gesetze sind bloß Geschichten für fantasielose Menschen, sie entstammen dem Gehirn eines desorientierten Säugetiers. Allerdings steht in Gesetzen geschrieben, jedes menschliche Lebewesen hätte ein RECHT AUF LEBEN, aber bis zum postulierten GLEICHEN ANSPRUCH VOR DEM LEBEN ALLER LEBEWESEN ist es noch ein großer evolutionärer Sprung.

Wenn wir schon dabei sind, in der besagten UN-Charta steht außerdem, dass jedes wilde Tier das Recht habe, in Freiheit und in seiner natürlichen Umgebung zu leben, zu Land, zu Luft, zu Wasser, sowie auch das Recht, sich zu vermehren, und dass jede Freiheitsberaubung, selbst wenn diese Bildungszwecken dient, dem Recht auf ein freies Leben widerspricht. In der Verfassung vieler Staaten steht ebenfalls geschrieben, dass man die Freiheit eines menschlichen Lebewesens nicht nehmen oder einschränken darf, aber an dieser Stelle kommen die Verfassungsschreiberlinge daher, erheben den Zeigefinger, blicken euch streng an und sagen: AUSSER! Also, niemand kann euch hinter Gitter bringen oder euch aus eurem Haus vertreiben oder auf einem elektrischen Stuhl exekutieren, außer dies ist vom Gesetz her vorgesehen. Gesetze und die tägliche Praxis sind voll von solchen Fallen wie »außer« und »aber«, die diese Hurensöhne jederzeit, wenn nötig, aus dem Ärmel ziehen können. Und alles, was vor dem »außer« und »aber« und »jedoch« steht, ist blanker Unsinn, wenn man mich fragt, und man kann ruhig drauf pfeifen.

Und daher verkünde ich hier und jetzt, in diesem Absatz, während der Chor von Schillers Versen donnert, aus reinster Euphorie, und weil man ja irgendwo anfangen muss, die Gleichheit und Einheit aller Lebewesen. Darüber hinaus behaupte ich, ganz euphorisch, dass ich nicht nur ich selbst bin, denn niemand ist eine Insel, wie es so schön heißt, und es ist dumm zu glauben, dass der Mensch ein Lebewesen ist, das von anderen Lebewesen und von der Welt um ihn herum getrennt ist, wo er doch von so vielen Dingen abhängig ist, wie etwa von Sauerstoff und Wasser, ganz zu schweigen von seiner Abhängigkeit von den Unterhosen, die jemand anderer für ihn genäht hat, vom Brot, das jemand für ihn geknetet und gebacken hat, und das Mehl aus Weizen und Roggen ist auch nicht einfach so in der Bäckerei vom Himmel gefallen und auch nicht der Ofen, in dem das Brot gebacken wird, ebenso wenig wie der Strom, der den Ofen heizt, jemand hat ein Elektrizitätswerk und ein Umspannwerk gebaut und Stromkabel verlegt und den Ofen hingestellt, und deshalb bin auch ich nicht nur ich, ich bin auch du, die du das hier liest, die Leserin (an dieser Stelle verwende ich die weibliche Form nicht wegen der Political Correctness, sondern aufgrund der Tatsache, dass Frauen viel mehr Bücher lesen als Männer), und ich bin auch der raschelnde Baum im Wind und auch das Wasser, das in den Mauern blubbert, und auch der Hund in der Nacht und die Mücke auf meinem Arm. Was wollen sie alle von mir, frage ich mich, während meine Euphorie nachlässt, was wollen sie, dieser raschelnde Baum, das blubbernde Wasser, der Hund, die Mücke? Nichts. Sie sind nur hier, sie existieren. Und es ist gut, dass es sie gibt. Um wieviel einsamer wäre ich, wenn sie nicht da wären, die Mücken und der Hund, der Wind, was würde ich ohne sie und ohne alle anderen Lebewesen tun, wer würde an mich denken, wer würde mich berühren, wer würde mich anbellen, für mich rascheln und summen, zugleich sind wir uns gegenseitig Nahrung, es ist ein großer, unablässiger kosmischer Austausch. Aber gut, den kleinen Blutsauger hier werde ich nicht aufessen, das ist zu wenig für einen Zahn, aber auch die Mücken werden mein Blut nicht saugen, heute Abend habe ich keine Lust zu geben.

Ich fülle die Bong mit einer Prise der Blütenblätter, der Hund meldet sich in regelmäßigen Abständen, offenbar gibt es irgendwo ein Metronom, das einem jeden seinen Rhythmus vorgibt und ihm sagt, was er zu tun hat, gehorsam zünde ich mit einem Zündholz die Blütenblätter an, der bittere Phosphorgeruch bohrt sich in meine Nasenlöcher, ich sitze im Sessel und atme den Rauch tief ein, das Baumgeraschel wird stärker, füllt den gesamten Raum aus, alles raschelt, die Skleren brennen nicht mehr, die Übelkeit verzieht sich in entlegene Wüsten aus Blutkörperchen, ich verfolge den Flug einer Mücke, verbirgt sich darin eine Botschaft, frage ich mich, lässt sich der Mückenflug zu Papier bringen, geht es da etwa darum, ein Unrecht wieder in Lot zu bringen, ein Unrecht, das der Welt widerfuhr, als einmal vor langer Zeit, in einer Ruhepause zwischen den Schlachten des Dreißigjährigen Kriegs ein französischer Soldat an einem Herbstabend in einem Haus in der Nähe von Ulm in seinem kleinen Zimmer neben dem Kaminfeuer einschlief und träumte, dass er auf einer Straße umherwanderte und ein Unbekannter ihm eine Wassermelone schenkte, dann träumte er, dass ein Donnerschlag ihn aufweckte und überall im Zimmer die Funken sprühten, und als er tatsächlich aufwachte, bildete er sich ein, die Welt selbst hätte sich ihm gezeigt, zugleich sah er eine Fliege, die im Zimmer umherflog, und dachte, die Flugbahn der Fliege müsste man zu Papier bringen, und später, nach Beendigung seines Armeedienstes, riss er den Geist aus dem menschlichen Körper heraus und den Menschen aus der Welt, und zerstückelte die Welt, und bis heute ist es den Besten und den Klügsten nicht gelungen, sie wieder zusammenzusetzen. Aber ich bin zu weit abgeschweift, während ich der Mücke folgte. Was wollte ich denn eigentlich sagen? Ich wollte sagen, ein Mensch muss ziemlich gestört sein, um die Behauptung aufstellen zu können, die Körper der Menschen und der Tiere seien wie Maschinen, und die Tiere seien Automaten, gesteuert von physikalischen Gesetzen, und hätten keine Gefühle und kein Bewusstsein. So etwas kann nur jemand sagen, der noch nie einen Menschen, eine Katze oder einen Hund gestreichelt hat. Noch gestörter als er ist nur derjenige, der einen solchen Typen ernst nimmt.

Kintsugi

Es wurde hell, und der Mensch fühlte sich nackt. Neugeboren. Vor ihm wird ein neuer Tag geboren, alle Möglichkeiten sind offen. Er steht auf und denkt, du lieber Gott, was für ein schöner Tag, heute kann ich alles, was ich möchte, verwirklichen, ich kann alles werden, was ich sein will. Aber, je länger der Tag andauert, kommen die Dinge zunehmend an ihren Platz – die Dummheiten von gestern wiederholen sich, neue Dummheiten werden begangen. Und so geht es dahin, von Tag zu Tag, ein Leben lang. Jetzt wird dem Menschen aber auch dieses Recht genommen – das Recht, leichtfertig zu sein, Dummheiten zu begehen. Jede einzelne Person in ihr eigenes Leben einzuschließen, die ganze Welt in eine Einzelzelle zu verwandeln – das ist die Obsession von Sadisten, Diktatoren und Bürokraten. Und nun war es einem Virus gelungen, einem winzigen Parasiten. Umarmungen, auf die Schulter klopfen, Hände schütteln, unwillkürliche Bewegungen, ein gut gelaunter Alltag, dessen wir erst dann gewahr werden, wenn die Berührungen ausbleiben. Da wir etwas erst dann, wenn wir es verloren haben, schätzen können, begreifen wir nachträglich, dass wir, indem wir uns gegenseitig berührten, einander versichert hatten, dass wir am Leben waren, dass wir also auf diese Weise das Leben gefeiert hatten. Dass wir uns nicht wirklich lebendig fühlen können ohne die Berührung eines anderen Lebewesens. Das ist das Grundprinzip der Vitalität, in der Wissenschaft bekannt als Edwards Lehrsatz, demzufolge alles, was lebendig ist, lebt, um andere Lebewesen zu berühren und mit anderen Leben in

Verbindung zu treten. Lange Zeit schien es, als würden die Bewegungen und der Verbindungsaufbau niemals aufhören. Aber dann steckte sich ein Mensch mit dem parasitären Virus an, und die Epidemie breitete sich rasch über die ganze Welt aus. Eins ist alles, alles ist eins. Die Angst paralysierte die Menschen, sie hörten schlagartig auf, sich einander zu nähern, zu berühren, umarmen und zu küssen, sich aus nächster Nähe miteinander zu unterhalten, miteinander Zeit zu verbringen.

Ich bin kein besonders geselliger Typ, sagte ich zu Sjena, als Cafés und Restaurants aufgrund der Epidemie geschlossen wurden, aber die Gesellschaft der Menschen fehlt mir jetzt schon. Das reduzierte Leben, mit geschlossenen Geschäften und leeren Straßen, das ist rein gar nichts, sagte ich.

Aber wir sind ja da, wir sind miteinander, wir unterhalten uns, sagte er.

Ja, wir unterhalten uns, aber wir sind nicht miteinander. Wir kom-mu-ni-zie-ren bloß durch die Glasscheibe, was genauso rein gar nichts ist. Als würden wir miteinander telefonieren, sagte ich. Ich sehne mich nach Berührungen.

Sieh mal, die Bäume im Park, sagte er, die kannst du berühren, umarmen, abküssen.

Du hörst wohl nicht gut, sagte ich gereizt, mir fehlen die unbekannten Menschen, die ich in Cafés treffen kann, auf der Straße, in der Straßenbahn, diese Art von Berührungen, diese Art von Leben. Hoffentlich werden wir, wenn der Spuk vorbei ist, wieder wissen, wie man lebt.

Wie meinst du das?, fragte Sjena.

Schon wieder forderte er Präzision, eine abgeschlossene Skizze, saubere Linie und scharfe Ränder, alles musste bis zum letzten Wort ausgesprochen sein, an seinem Platz und fest auf dem Boden.

Naja, weißt du, wie ich meine, diese Situation hat das Leben vieler Menschen gebrochen, und irgendwann wird man alles wieder zusammenkleben müssen. Wie wird das aussehen, diese vielen zusammengeflickten Leben?

Schön, sagte er. Es wird schön. In Japan schmeißt man zerbrochene Gefäße nicht weg, sondern klebt sie mit einer besonderen Technik zusammen. Mit einer Mischung aus Harz und Goldstaub werden die Ränder miteinander zusammengeklebt, die Bruchstellen bleiben sichtbar. Diese Technik nennt sich Kintsugi. Diese Gefäße gelten dann als schöner und wertvoller. Auf die gleiche Weise sollten wir auch die Menschen betrachten. Wir sollten sie als besser und wertvoller wahrnehmen, wenn sie ihre Brüche, Risse und Narben haben. Aber nein, stattdessen verstecken wir panisch unsere Narben, Mängel und Schwächen, das viele Verstecken macht uns krank, irgendwann wissen wir selbst nicht mehr, wer wir sind, was wir sind und was wir überhaupt wollen.

Sjena ist nicht mehr da, die Cafés sind noch immer geschlossen, und ich versuche, meine eigenen Scherben zusammenzukleben. Zwei Menschen befinden sich nun draußen auf dem Nachbarbalkon, sie sind jung, eine Frau und ein Mann, ihren Stimmen und ihren Bewegungen nach zu urteilen. Ich verspüre keinen Wunsch, ein Gespräch mit ihnen anzufangen. Ich spüre nur, dass wir einander noch so vieles hätten sagen können, Sjena und ich. Und dass unsere unvollendeten Gespräche ihm nun stärker zusetzen werden als mir.

Schlussendlich zählt unterm Strich nur, einen Freund zu haben, der Sie zur Reparatur bringt, wenn Ihr Auto krepiert.

Nicht mehr, nichts anderes.

Ich weiß nicht, ob Sjena überhaupt ein Auto hat und ob er Autofahren kann, wir haben nie darüber gesprochen, ich weiß aber, er hätte mich, ohne zu zögern, zur Reparatur gebracht.

DRITTER TEIL:

ABBRUCH

Das Leben: es lebe!

Es ist an der Zeit, dass wir wieder die Erde küssen, zum Fluss gehen und unsere Arme ins Wasser tauchen, dort sein, wo Blätter der Erle flattern und wir Dinge berühren, und nur Dinge, nicht Gedanken …

So drückt sich Robinson Jeffers in einem seiner Gedichte aus.

Ich lese Jeffers gern. Aus ihm sprach sein gesamtes Wesen. Er schreibt, als würde sein Leben davon abhängen, in jeden Vers legt er alles hinein, was er hat. Nur wenige Schriftsteller und Dichter schreiben so, nur sehr wenige. Die meisten haben diese Arbeit ihrem Ego überlassen. Daher auch die viele Wichtigtuerei in der Literatur.

Dabei ist die Sache ganz einfach. Wie einfach, das deckte Vitomil Zupan einst auf: »Also, Literatur, aber nicht so ein erfundener belletristischer Brei, sondern die Notizen des Lebens selbst. Das Leben schreiben! Dem Leben direkt in die Visage, Hölle und Himmel täuschen und Werke erschaffen, die wie Gras wachsen werden.«

Gegen Frühlingsende zog ich aus Zagreb weg. Die Therapie ist abgeschlossen, der Tumor ist in kompletter Remission, steht im Entlassungsbrief. Im Entlassungsbrief steht nicht, dass Sjena nicht wiederkam. Er kam nicht auf den Balkon heraus, zwei Tage, drei, eine Woche lang, einen Monat lang, zwei Monate, ich ging traurig und erwartungsvoll auf den Balkon, und irgendwann ging ich gar nicht mehr hin. Etwas später verließ ich die Stadt und schlug die Tür hinter mir zu.

Ich lebe in einem Dorf, umgeben vom Wald, am Ende einer Sackgasse, in einem Holzhaus, Baujahr 1914. Das Baujahr erwähne ich eigens, weil es hier nur sehr wenige alte Häuser gibt. Wenn Soldaten durch die Dörfer gehen, zünden sie Häuser an. Hier sind Kriege häufig, jede Generation führt Krieg. Jede Generation zündet zunächst Häuser an, anschließend baut sie neue. Die Menschen in diesen Gegenden sind älter als die Häuser, in denen sie leben, man findet in den Dörfern mehr hundertjährige Menschen als hundertjährige Häuser.

Das Haus, in dem ich lebe, hat drei Kriege überlebt. Auch andere Häuser im Dorf haben die Kriege überlebt. Einige haben den Frieden nicht überlebt. Überleben?, denke ich. Sind Häuser lebendig? Ja, das sind sie. Verlassene Häuser verfallen schneller, das gilt auch für verlassene Menschen. Die Ruinen sind nichts anderes als eine physische, greifbare Abschiedstraurigkeit. In diesem Dorf gibt es niemanden mehr, der abwandern könnte. Hier lebt außer mir nur noch ein alter Mann. Manche Häuser werden am Wochenende wieder lebendig. Auch Lila wird zu Beginn nur übers Wochenende hier sein.

Es gibt hier nur wenige Menschen, aber an Leben fehlt es nicht. Der Wald ist lebendig, die Wiese ist lebendig, lebendig sind auch Vögel, Würmer, Schlangen, Spinnen, Wespen, Mäuse, Schmetterlinge, Rehe, die Katzen Maga, Bela Dva Srca, Milica, Dobra, Čangi und Buda, sowie der Hund Kodo. Das Leben wuchert nur so, in diesem sterbenden Dorf.

Das Leben, es lebe!, rufe ich jeden Morgen aus, wenn ich aufwache und in den Garten gehe. Das Echo aus dem Tal antwortet mir.

Mit den Katzen und dem Hund ging es sehr schnell. Zuerst kam die dreifarbige Katze mit ihren drei Kätzchen. An diesem Morgen saß ich auf der Veranda und trank Kaffee. Der

Wald war schon lange nicht mehr so stumm gewesen, als hätte er die gesamte Stille dem Kuckucksvogel überlassen. Der Kuckuck meldete sich unsicher, als würde er zögern und mit seinem Gesang die Tiefe des Waldes vermessen. Da bemerkte ich eine Bewegung neben der Scheune. Als Erste zeigte sich die Mutter. Sie kam aus dem Schatten, setzte sich hin und schaute mich an. Ich grüßte sie und fragte, ob sie Hunger habe, und sie durchquerte, ohne zu zögern, den ganzen Hof. Sie hatte keine Angst, miaute und rieb sich an meiner ausgestreckten Hand. Ich schnitt ein bisschen getrocknete Wurst für sie auf und legte die Stücke zusammen mit einigen Löffeln Sauerrahm auf einen kleinen Teller. Nachdem sie gegessen und sich gereinigt hatte, stieß sie einige tiefere Geräusche aus, als wäre sie traurig, dachte ich. Dabei war es ihr Ruf, der den Kätzchen galt. Diese sollten nun nachkommen. Sie waren zu dritt, eines war dreifarbig wie die Mutter, eines war schwarz, eines rötlich, und zunächst gingen sie auf Abstand zu mir.

Aber schon wenige Tage später wurden wir Freunde.

In der Katzenwelt verbreiten sich Nachrichten offenbar schnell, auch ohne Telekommunikationsnetze, und gute Nachrichten offenbar schneller als schlechter, außerdem sind sie genauer, und so tauchte nach ihnen noch eine weitere junge Katze im Hof auf, weiß mit grauen, herzförmigen Flecken auf den Hüften, und ein paar Tage später war auch eine junge Tigerkatze zu sehen. Sechs Katzen sind in Ordnung, dachte ich. Obwohl, Bukowski hatte neun Katzen gehabt, noch dazu in einer Wohnung in einer Millionenstadt ohne einen großen Garten. Aber, wie es so schön heißt, wandelt nicht auf den Pfaden der Alten und versucht nicht so zu leben, wie sie gelebt haben, sondern sucht nach dem, was sie gesucht haben. Ich weiß nicht, was Bukowski gesucht hat. Ich denke nicht, dass er ausgerechnet neun Katzen gesucht hatte. Ich vermute, er hat danach getrachtet, in Ruhe gelassen zu werden, und guten Alkohol wollte er auch, und das sind auf jeden Fall Dinge, nach denen es sich zu suchen lohnt.

In Zagreb waren wir einst in eine ungünstige Situation geraten, als Sven sich einen chinesischen Hamster zum Geburtstag gewünscht hatte. Er erhielt zwei. Damals waren wir noch junge Eltern gewesen, unreif, wir dachten, zwei Hamster wären ein größerer Beweis für Elternliebe als nur einer, und zwei Hamster würden ihn doppelt so glücklich machen wie einer. Kaum hatten wir uns umgedreht, schon waren neun Hamster im Käfig. Nie wäre uns in den Sinn gekommen, dass es sich bei den beiden Geburtstagshamstern um ein Liebespaar handelte. Dass diese süßen Lebewesen miteinander vögeln könnten. Und als wir uns von diesem Schock erholt hatten, da hatten wir schon siebzehn Hamster in der Wohnung. Sie brachten uns nicht etwa siebzehn Mal mehr Liebe und Glück, sondern lediglich so viele Probleme, die es zu lösen galt. Einige konnten wir an Freunde verschenken, einige wurden von dem Geschäft zurückgenommen, wo wir das erste Paar gekauft hatten, Kaja und Đuro. Die anderen blieben in den nächsten Jahren bei uns, sie lebten, wurden älter und starben, jeder in seinem Käfig, und jeder Tod bedeutete Trauer. Ich wollte diese Situation mit den Katzen nicht wiederholen, also ließ ich sie sterilisieren.

Es heißt, Namen dienen dazu, dass die Polizei, die Steuerbehörde und ähnliche unglücksbringende Strukturen denjenigen leichter aufspüren können, der einen Namen trägt. Mag sein. Aber dieses Stück Erde, dieses Haus und ihre Bewohner, die Katzen, der Hund und ich, wir sind für niemanden wichtig und für niemanden von Interesse. Niemand kann einen Nutzen aus uns ziehen, wir können den anderen Menschen bloß Probleme bereiten. Immobilienagenturen würden es verächtlich ablehnen, dieses Haus in ihren Katalog aufzunehmen, so entlegen ist es. Nicht einmal Pilz- und Kastaniensammler verirren sich hierher. Wenn es im Umkreis von Hunderten Kilometern ein freies Territorium gibt, dann ist es dieses Dorf.

Deshalb bedeuten die Namen auf diesem Stückchen Erde für diejenigen, die sie tragen, keine Last, sie sind kein Wegweiser und kein Orientierungspunkt für unerwünschte Gäste. Ich gebe allem und jedem Namen, ganz so, wie ich es wünsche. Gras, Bäumen, Blättern, Vögeln, Wind, Hummern, Bienen, Rehen, Wolken, Schmetterlingen, Schneeflocken, Regenwürmern. Und natürlich Katzen. Sie alle, vom Grashalm bis zur Katze, tragen ohne jegliche Anstrengung und Unbehagen ihre eigenen Namen. Die dreifarbige Katze habe ich Milica genannt, ihre dreifarbige Tochter Dobra; Dobras schwarzer Bruder erhielt den Namen Čangi, der rötliche Bruder heißt Buda; die weiße Katze mit den zwei herzförmigen Flecken auf den Hüften ist Bela Dva Srca, und die Tigerkatze heißt Maga. Der Mischlingswelpe ist aus dem Nachbardorf, ich erhielt ihn von den Bauern, bei denen ich Eier und Honig kaufe. Ich hatte mir gedacht, scheiß auf einen Hof ohne Hund. Obwohl, der Welpe hält sich ohnehin nicht im Hof auf, sondern im Haus, wo er gemeinsam mit den Katzen im Frieden lebt, das heißt, die Katzen ertragen ihn missmutig, alle außer Čangi. Die beiden spielen miteinander, als wären sie Brüder. Ich spiele auch gerne mit ihnen. Mit ihnen allen. Der Welpe heißt Kodo.

Kein Überfluss, kein Mangel

Heute Morgen zog Kodo mich aus dem Haus, im Morgengrauen. Während er einem Geruch nachjagte und in den Wald lief, erblickte ich neben dem Weg etwas Bläuliches. Ich wunderte mich, dass es mir nicht früher aufgefallen war, wie konnte mir das bloß entgehen, dieses flatternde Bläuliche. Ich kam näher, bückte mich und sah, wie oben auf den drahtigen, haarigen Blumenstängeln die Knospen einer Gemeinen Wegwarte aufgingen.

Ich fühle mich hier gebraucht. Es ist ein gutes Gefühl – gebraucht zu werden. In Zagreb hatte ich dieses Gefühl mit der Zeit verloren. Dort war ich zu einem Atavismus mutiert. Ein interessantes Exemplar aus der Vergangenheit, das vielleicht ja, aber jedenfalls unnötig. Außer dass die Katzen und der Hund mich hier brauchen, brauchen mich auch die Vögel, die Obstbäume, die Gräser und der Wald, auch der Mond braucht mich, die Sterne, der Regen, der Wind, das Morgengrauen, die Abende und die Nächte, damit ich sie hören, spüren, berühren, anschauen und mit ihnen sprechen kann. Es geht mir gut in der Gesellschaft von Katzen, vom Hund, vom Wald, von der Lichtung, von den Obstbäumen, Vögeln, Abenden, vom Regen. Besser als in der Gesellschaft von Menschen. Die Menschen denken zu viel, wollen zu viel, erwarten zu viel, verkomplizieren alles zu viel, sind allzu lästig. Alles, was sie tun, tun sie mit einer gewissen Absicht und in der Regel in einem Zustand von Maßlosigkeit. Ständig erwarten sie eine Kompensation, dafür, dass sie etwas tun und sprechen. Gebraucht zu werden bedeutet mit anderen Leben verflochten zu sein, wie Lichtung und Wald, ohne eine Gegenleistung zu erwarten. Das bedeutet, Dinge aus reinster Güte zu tun.

Das bedeutet, lebendig zu sein.

Lebendig ist hier jeder Tag, so wie dieser, der mit der Blütenöffnung der Wegwarte und dem Gesang der Drossel in der Weißdornhecke. Die Tage verbringe ich horchend, schauend, fühlend, atmend, riechend. Ich betrachte die Fliegenschnäpper auf dem Ast eines Kirschbaums. Die Vögel fliegen ruckartig auf, als hätte sie jemand mit einer Schleuder herausgeschossen, manövrieren in der Luft, bis sie ein Insekt erbeuten, dann fliegen sie zurück auf ihren Ast. Hier, da, Gezwitscher, die Vögel jagen einander, schwer zu sagen, ob sie miteinander spielen oder um einen Bissen kämpfen.

Viele Pflaumen in diesem Jahr. Auf dem Ast, den ich schütteln möchte, ist ein Zilpzalp. Er hat keine Angst vor mir, fliegt erst dann weg, als ich schon meinen Arm um den Baumstamm gelegt habe und beginne, den Ast zu schütteln. Während ich die Früchte vom Boden aufhebe, sehe ich kleine Spinnen, die davonlaufen und sich im Moos unter dem Laub verstecken, Kupfer und Gelb. Der Zilpzalp, die kleinen Spinnen, das Moos, das Laub, alles ist notwendig. Kein Überfluss. Kein Mangel. Es riecht nach Moder, nach Erde.

Gegen Abend ziehen vom Nordwesten finstere Wolken auf. Blitz und Donner. In solchen Momenten schmiegt sich Milica an mich, will, dass ich sie streichle.

Dunkelheit und Regen. Ich sitze im Dunkeln auf der Veranda, trinke Tee und horche auf die Geräusche des Wassers in der

Dachrinne. Weiter im Süden ist der Himmel klar, ein Stern leuchtet im Himmel.

Alles lebt.

Ich denke an ein lange zurückliegendes Gespräch mit Lila, an einem Abend, als wir Dub Syndicate hörten und die folgende Textzeile ertönte: »Good will always conquer evil.«

Unsinn, murmelte ich verbittert, das Böse gewinnt immer, so war es, so wird es immer sein. Lila schaute mich überrascht an und schüttelte den Kopf. Du siehst das alles zu eng, sagte sie. Natürlich wird das Gute obsiegen, das Gute gewinnt immer gegen das Böse. Solange die Bäume im Park blühen, solange in Utrina die Spatzen und Tauben ihre Nester bauen und ihre Eier ausbrüten, obsiegt das Gute. Das Gute ist das Leben.

Hab keine Angst

Ich lebe in den Tag hinein. Keine Pläne. Keine Wünsche. Nichts.

Dennoch tauchen manchmal Wünsche auf. Eher ein Aufblitzen von Wünschen, kein Dauerzustand. Aber nichts davon betrifft Gegenwart oder Zukunft. Alles liegt in der Vergangenheit.

Bis vor Kurzem hörte ich Arcade Fire. Nach Clash eine Musikband, für die es sich lohnt, Zeit aufzuwenden. Ansonsten höre ich hier aber nicht so gerne Musik. Tagsüber sowieso nicht, lieber höre ich stattdessen auf den Vogelgesang im Obstgarten und im Wald. Nachts schiebe ich selten eine CD in den Player. Ich sitze und horche. Ich warte auf etwas. Ich weiß nicht, worauf.

Ich horche auf das Feuer im Herd, die Rinde des Akazienbaums knistert beim Abbrennen. Dobra kuschelt sich in den Flechtkorb. Kodo schläft auf der Fußmatte neben der Tür, ab und zu seufzt er im Schlaf. Die anderen Hausbewohner schlafen ruhig, Bela Dva Srca auf dem Stuhl, Maga auf dem Kleiderschrank, Čangi auf dem Sessel neben der Leiter, Buda auf meinem Bett. Nur die Ventilation in meinem Laptop stört die Stille. Und das Knirschen des Bodens aus Tannenholz, wenn ich ein paar Schritte zum Ofen mache, um das Feuer zu entfachen.

Ich betrachte meine Hände, die trockene, faltige Haut, auf jeder Hand viele winzige Kratzer und kleine, gepunktete, juckende Wunden. Ich bin nicht sicher, ob sie von Katzenkrallen oder Hundezähnen stammen oder aber von Hundeflöhen. Oder aber vom Schlehdorn, Wildrose und jungen Akazien. Ich höre das leise Brummen eines Flugzeugs.

Wünsche an die Vergangenheit! Wie ein Baum, der in die Erde hineinwächst. Wurzel und Baumkrone, in der Erde miteinander verflochten. Was für eine Unordnung. So schlimm ist das aber gar nicht, tröste ich mich, Hauptsache, man hat noch Wünsche. Einem Wunsch schaut man nicht ins Maul.

Meine Wünsche sind unrealistisch, aber bescheiden.

Eine nächtliche Busfahrt mit der Linie 221 vom Bahnhof in den Stadtteil Utrin, auf der Rückfahrt vom Jugendklub Jabuka. Wenn ich nur diese fünfzehn Minuten noch einmal haben könnte, denke ich mir. Oder einen Tag mit meiner Mutter verbringen. Einen einzigen Tag. Mutter ging zum Arbeiten nach Deutschland, als ich zehn Jahre und meine Schwester acht Jahre alt war. Sie ließ uns bei ihrer Mutter in Zagreb zurück, Vater blieb in Bosnien. Aus der offenen Landschaft des bosnischen Karstfeldes Livanjsko polje geriet ich schlagartig in den Käfig der Zagreber Vorstadt, ohne Eltern, ohne Freunde, ohne Bekanntes. In diesen Jahren wuchs alles in die Erde hinein, ich wuchs in völliger Dunkelheit auf.

In meiner Schule in Donja Dubrava hatte ich einen Klassenkameraden, an dessen Namen ich mich nicht mehr erinnern kann, auch sein Gesicht ist inzwischen verblasst, wohl aber habe ich seine Drohungen dahingehend, was er mit mir nach dem Unterricht anstellen würde, noch frisch im Gedächtnis. Ich stellte mich ihm nicht in den Weg, ich hatte ihm gar nichts getan, wir hatten keine offenen Rechnungen, vor Schulbeginn hatte er nicht einmal gewusst, dass ich existierte, dennoch hatte er es auf mich abgesehen. Er konnte geradezu riechen, dass ich schwach und verängstigt war, und das brachte ihn offenbar auf die Palme. Meine Erscheinung als solche war eine Beleidigung für ihn, wie Spucke ins Gesicht. Also beschloss er, mich fertigzumachen. Schlägereien im Schulgebäude konnten eine Ermahnung durch den Lehrkörper nach sich ziehen, womöglich sogar einen Rausschmiss. Dieser Typ hatte offenbar nicht die Eier, eine Strafe zu riskieren, also lauerte er mir vor der Schule auf. Er hatte eine Menge anderer Kinder dabei, als Beobachter und Fans, und ich schlich mich durch die Fenster im Erdgeschoss aus dem Schulgebäude, sprang über den Schulzaun und rannte die Straße hinunter, begleitet von höhnischen Zurufen und Lachen. Aus Angst, dem Typen außerhalb des Schulgebäudes zu begegnen, kam ich regelmäßig zu spät zur ersten Stunde. Interessanterweise zeigte er keinerlei Interesse an mir, wenn wir uns zufällig an einer Straßenecke begegneten und ich vor Angst starr wurde. Offenbar funktionierte es für ihn nicht ohne Publikum. Irgendwann wollte es der Zufall, dass er mich nach dem Unterricht abpasste, er stand genau neben dem Fenster, aus dem ich steigen wollte, unvorsichtigerweise war ich ihm in die Falle getappt.

Was jetzt?, fragte er und grinste böswillig.

Er war überrascht, als ich ihn ansprang. Von der Taktik, dem belagerten Feind einen Fluchtweg offenzuhalten, um die Opferanzahl zu vermindern, wusste er nichts, und er wusste auch nichts davon, wie verzweifelt jemand kämpft, der mit dem Rücken gegen die Wand steht. Dieses Unwissen hat er teuer bezahlt. Ich warf ihn zu Boden und schlug mit den Fäusten auf ihn ein. Er leistete keinen Widerstand, in seinem stumpfen Überraschungszustand war er wie versteinert. Ich schlug ihn auf den Kopf, immer nur auf den Kopf, und schaute ihm dabei die ganze Zeit in die Augen, sein Gesichtsausdruck war eher gekränkt als schmerzgepeinigt. Man versuchte, mich von ihm wegzuziehen, aber ich hielt dagegen, wie ein Blutegel hängte ich mich an ihn fest und schlug immer weiter zu. Irgendwann hörte ich auf, stand auf und schaute ihn an. Sein Gesicht war blutüberströmt, er blutete aus der Nase, aus dem Mund, aus den Augenbrauen. Ich nahm meine Schultasche vom Boden und ging nach Hause. Diese schulische Angelegenheit war somit bereinigt, ich gewann sogar einige Freunde. Aber ich hatte noch immer keine Stütze.

Mutter kam einmal im Jahr, meistens zu Weihnachten. Wenn man elf, zwölf Jahre alt ist, vergehen die Tage langsam, jeder Tag eine ganze Ewigkeit. Heute wundere ich mich darüber, wie langsam früher die Tage vergingen, und dennoch bin ich zugleich schnell gealtert und hier gelandet. Aber diese Dutzend Tage, die Mutter mit uns verbrachten, vergingen wie im Flug. Und dann wieder ihr Aufbruch. Wenn wir sie zum Hauptbahnhof brachten, brüllte ich wie ein Tier. Ihr war es peinlich, dem Vater war es peinlich, allen war es peinlich, außer mir. Es tat weh, und ich heulte. So heulte ich drei Jahre hintereinander, dann hörte ich damit auf.

Inzwischen war ich dreizehn Jahre alt geworden, Mutter war ein weiteres fremdes Lebewesen in meiner Welt, mir schien, als wäre ich wieder in mein eigenes Leben zurückgekehrt, aus dem ich seinerzeit vertrieben worden war. Noch immer trug ich jedoch einen gähnenden Riss in meinem Inneren. Lange Zeit wollte die Wunde nicht heilen. Was ich von meiner Mutter nicht bekommen hatte, suchte ich bei den Mädchen, in die ich mich verliebte, und wenn ich es nicht bekam, oder wenn sie mich verließen, dann litt ich fürchterliche Qualen und heulte. Nur auf diese Weise konnte ich Leid, Einsamkeit und Angst abwehren. Nur auf diese Weise konnte ich den Riss in meinem

Inneren kitten, der mich in zwei ungleiche Teile geteilt hatte. Der größere Teil war eine offene, eitrige, schmerzhafte Wunde, und ein ganz kleiner Teil war ein Lebewesen, das atmete, schlief, aß und zur Schule ging. Ich war schwach, ich brauchte etwas zum Anlehnen, etwas, an dem ich hätte hochklettern können wie eine Kletterpflanze, die einen Pflock benötigt, an dem sie sich emporranken kann. Findet sie diesen Pflock nicht, bleibt sie für immer eine Kriechpflanze, und so würde ich für immer und ewig weiterkriechen.

Die Stütze, die mir so sehr gefehlt hatte, fand ich dort, wo ich sie am wenigsten erwartet hatte – in mir selbst. Es passierte in der Kaserne der Jugoslawischen Volksarmee, an einem Ort, wo es keine Zärtlichkeit, kein Verständnis und kein bisschen Liebe gab. Dafür gab es Grausamkeit und Erniedrigung im Überfluss. In der Armee zog ich mir eine raue Haut zu, wie die Rinde einer hundertjährigen Eiche, darunter lagerte sich Wut ab. Die Wut kam an den Wochenenden heraus, wenn die Soldaten in die Stadt durften und große Besäufnisse stattfanden. Wir waren die Volksarmee, aber wir hassten das Volk. Wir hassten alle, die keine olivgrüngraue Uniform trugen, alle waren unsere Feinde. Aber wir hassten genauso diejenigen, die eine olivgrüngraue Uniform, verziert mit einem hohen Rang, trugen, für sie hatten wir einen besonders starken Hass übrig. Für sie und für die Militärpolizei. Heute weiß ich, es lag an unserer Unwissenheit und unserer Angst, dass wir so waren, und der Hass ist nichts anderes als die giftige Mischung dieser beiden Elemente. Damals aber genoss ich dieses starke Gefühl, das mich ganz und gar durchdrang. Es war ein heilsames Gefühl, geradezu ein Ersatz für Trost.

Als ich zwölf Monate später nach Hause zurückkehrte, verschwand der Hass auf Zivilisten und Uniformierte gleichermaßen, stattdessen stellte sich eine Gleichgültigkeit gegenüber allen Menschen ein. Ich war geheilt vom Heulen, ich war gefestigt, unempfindlich, bereit für das Leben.

Dennoch sind Bahnhöfe für mich noch immer ein Ort der Traurigkeit. Züge tragen die Traurigkeit von einem Ende der Welt ans andere. Wenn wir Reisende und Züge verabschieden, verabschieden wir auch einen Teil von uns selbst, wir zerrinnen in der Ferne.

Der Kater mit dem Sonnengesicht und der Kater mit dem verfinsterten Mondgesicht

Buddha Shakyamuni entstammte der Sonnenlinie. Im Alter von neunzehn Jahren verließ er um Mitternacht den Palast in Kapilavastu, bestieg den Berg Dantaloka, schor sich das Haupt und entsagte der Welt. Dann begann er seine sechs Jahre dauernden asketischen Übungen. Schließlich saß er auf dem Diamantsitz, während Spinnen Netze zwischen seinen Augenbrauen spannten und Elstern Nester auf seinem Kopf bauten. Weitere sechs Jahre lang durchdrang Schilf seinen Lotussitz. Im Alter von dreißig Jahren, am achten Tag des zwölften Monats, als der Morgenstern im Himmel zu sehen war, erlangte er das Erwachen. »Gemeinsam mit der großen Erde und allen fühlenden Wesen vollende ich den Weg«, sagte Buddha.

Danach predigte er den Dharma neunundvierzig Jahre lang, ohne seine Zuhörer auch nur einen Tag zu verlassen. Er besaß nur eine Robe und eine Schale und entbehrte doch nichts.

So beginnt *Die Weitergabe des Lichts*, eine Sammlung von dreiundfünfzig Geschichten über die Erleuchtung, die Keizan Jōkin Zenji vor sieben Jahrhunderten geschrieben hatte. Denkô-roku, so der ursprüngliche Titel, endet mit einer Geschichte über die Erleuchtung des zweiten Zen-Patriarchen Koun Ejō. Er hatte das Licht von seinem Lehrer Dōgen Zenji empfangen. Die Weitergabe des Lichts findet noch immer statt.

Fahrige, schaurig blecherne, hochmütige Musikanstürme vibrierten zwischen den Wänden. Das Saxophon zischte, die Trompete brüllte. Welches Mädchen berührt Kvrga?

– Das ist ein Hochofen. – sagte Žu zu dem Typen namens Kvrga.

– Zieh deine Bluse aus!

Ich soll meine Bluse ausziehen? Ist es nicht zu früh? Warum soll ich die Erste sein? Warum kann nicht Lily als Erste ihre Bluse ausziehen?

So beginnt der Roman *Čangi* von Alojz Majetić, der 1963 in der Reihe Progres in Novi Sad erschienen ist. Zagreb war damals kein gutes Pflaster für eine Prosa wie die von Majetić. Im jugoslawischen Sozialismus der fünfziger und frühen sechziger Jahre war *Čangi* eine so subversive und provokante Prosa, wie man sie sich heute, fünfzig Jahre später, kaum noch vorstellen kann.

Majetićs *Čangi* stand in der Tradition des spanischen Schelmenromans, des *Biberkopf* von Döblin und des *Fabian* von Kästner, er war ein Altersgenosse von Kerouacs *Moriarty*, und er wirkte seinerzeit wie ein Schlag ins Gesicht, sowohl der Poetik des Sozrealismus in der Literatur als auch des Realsozialismus in der Politik. Ohne Samthandschuhe geschrieben ist *Čangi* eine »fortwährende Beleidigung, ein Maulvoll Spucke ins Gesicht der Kunst, ein Fußtritt für Gott, Menschheit, Schicksal, Zeit, Liebe, Schönheit«, so wie Henry Miller im ersten Kapitel seines Romans *Wendekreis des Krebses* über sein eigenes Buch schrieb, das drei Jahrzehnte vor *Čangi* erschien.

Wendekreis des Krebses erschien 1934 in Frankreich, denn für Amerika wäre das Buch zu obszön gewesen. Dort erschien es erst siebenundzwanzig Jahre später. Majetić musste nicht so lange auf die Veröffentlichung seines Romans auf seinem eigenen Pflaster in Zagreb warten. Das Buch erschien hier 1970 unter dem Titel *Čangi off Gottoff*, mit einem zusätzlichen Kapitel, in dem der Autor *Čangi* an seinen vermutlich letzten Tagen im Gefängnis begleitet.

Der Grund für dieses verspätete Erscheinen ist folgender: Zwar befanden sich Zagreb und Novi Sad damals in einem gemeinsamen Staat, dennoch führte die Konkurrenz, um nicht zu sagen die Intoleranz der zwei größten sozialistischen Republiken, Kroatien und Serbien, dazu, dass man in Serbien für gewöhnlich das, was in Kroatien auf der schwarzen Liste stand, problemlos publizieren konnte und umgekehrt.

Fünfzig Jahre später hat *Čangi* nichts von seiner Frische und Energie eingebüßt. Das kommunistische Dogma wurde inzwischen vom konsumistischen und kirchlichen Dogma abgelöst, von allen Veränderungen unberührt blieb bloß der Gehorsam gegenüber einem unfehlbaren Anführer. Aus diesem Grund ist der Roman noch immer subversiv. Er ist weiterhin ein Maulvoll Spucke ins Gesicht der vorherrschenden gesellschaftlichen Heuchelei, der Jazz aus Majetićs Roman ist ein Maulvoll Spucke ins Gesicht des vorherrschenden Musikgeschmacks, und *Čangi* ist der letzte große (Anti-)Held der kroatischen Prosa.

Zwei Kater. Ein rothaariger und ein schwarzer. Tag und Nacht. Die brennende Oberfläche der Sonne und der verfinsterte Mond. Buda und Čangi.

Während ich Kleinholz in den Korb schichte, sehe ich zu, wie Buda durch den Garten streift, nachdem er den ganzen Vormittag irgendwo herumgelungert hatte. Das ist nicht mehr das kleine Kätzchen, das Angst vor der Feder eines Raben hatte, sondern ein junger Kater voller Kraft und Selbstbewusstsein. Als Buda noch ein Kätzchen war, machte er nicht immer mit bei den Spielen mit seiner Schwester und seinem Bruder, sondern saß häufig daneben und schaute den beiden beim Spielen zu. Wie er so dasaß, ähnelte er einer kleinen Statue eines sitzenden, pausbäckigen Buddhas. Um ihn aus seiner Meditation herauszureißen, warf ich einmal eine Rabenfeder, die mir als Lesezeichen diente, auf den Boden. Buda nahm wahr, wie die Feder sich leicht dem Boden näherte und schaute aus der Ferne zu. Dann stand er auf, näherte sich der Feder auf einen Meter, setzte sich wieder hin und beobachtete weiter. Danach setzte er sich woanders hin, blieb der Feder jedoch fern, saß nur da und starrte die Feder an, ohne mit der Wimper zu zucken. Nach einer Zeitlang näherte er sich vorsichtig der Feder, schlug mit seiner Pfote darauf und zog sich flink zurück. Das wiederholte er mehrmals. Indessen war Čangi vom Dachboden heruntergekommen, und sobald er die Feder erblickte, warf er sich ohne zu zögern darauf, schnappte sie, zerfetzte sie mit Zähnen und Krallen, und am Ende konnte Buda nur noch die armseligen Reste der Feder beobachten. Daraufhin sprang Čangi auf meinen Schoß und bat schnurrend um Futter.

Čangi war schon als Kätzchen ein richtiger Kater, er brannte und vibrierte wie die Musik in *Čangi*, fraß die Mäuse, die ihnen die Katzenmama brachte, und bald begann er selbst, Mäuse zu jagen. Als Kätzchen jagte Buda keine Mäuse, er brauchte etwas länger Zeit, um seinen Morgenstern zu erblicken und ein richtiger Kater zu werden.

Heute sind die Dinge an ihrem richtigen Platz. Der Kater mit dem Sonnengesicht und der Kater mit dem verfinsterten Mondgesicht durchdringen einander. In Buda ist Čangi. In Čangi ist Buda. Čangi sitzt im Zazen. Buda jagt und frisst Mäuse.

Der Alte Mann

Der kennt keinen Spaß. Ich sage etwas, das ihm nicht gefällt, und schon holt er seine Zahnprothese heraus, nimmt seine Brille ab und ist bereit, sich zu prügeln. Er ist fünfundneunzig Jahre alt, sein Haus steht auf dem Hügel nebenan. Er lebt allein, seine Frau starb, als er neunundsiebzig Jahre alt war, sagt er. Seine Tochter lebt in Karlovac, der Sohn in Ljubljana. Manchmal besuchen sie ihn am Wochenende. Er besitzt die Weisheit eines Menschen, der sein ganzes Leben auf dem Feld verbracht hat, er ist trotz seines fortgeschrittenen Alters blitzgescheit, aber er kann absolut nicht nachvollziehen, warum ich aus der Stadt weggegangen und in ein verlassenes Dorf gezogen bin.

Jeder, der nur irgendwie konnte, ist von hier weggelaufen, du aber bist hergezogen, wundert er sich immer.

Ich kann wiederum nicht nachvollziehen, warum er mein Angebot, ihm dabei zu helfen, altes Obst in den Schnapskessel zu schütten, glatt abgelehnt hat. Und warum er verärgert abgelehnt hat, dass ich ihm beim Holzhacken helfe.

Was verstehst du daran nicht, sagte Lila, als ich es ihr erzählte. Er ist nicht undankbar oder stolz, er ist sich nur dessen bewusst, dass er nur so lange leben kann, wie er in der Lage ist, alle anfallenden Arbeiten selbst auszuführen. Er will sicherstellen, dass er es kann. Ansonsten müsste er in ein Altersheim gehen, was für einen Menschen wie ihn nichts anderes als ein Gefängnis ist. Er weiß, deine Hilfe ist nicht verlässlich, er kann ja nicht immer mit dir rechnen, das ist der Punkt.

Blöder Alter Mann, murmle ich vor mich hin.

So nenne ich ihn, Alter Mann. Er denkt, ich sei aus Zagreb vor etwas oder jemandem geflüchtet, oder dass ich verrückt sei, denn nur diese beiden Umstände könnten meinen Umzug rechtfertigen. Wenn er zu Besuch ist, spricht er über die Vergangenheit. Darüber, wie er mit den Partisanen im Zweiten Weltkrieg gekämpft hat, wie er nicht schwimmen konnte und sich deshalb an einem Pferdeschweif festhalten musste, um einen Fluss zu überqueren.

Alle Leute in unserem Dorf waren bei den Partisanen, sagte er, und aus deinem Haus sind zwei Leute im Kampf ums Leben gekommen, Vater und Sohn.

Einmal wurde er wütend, als ich im Spaß sagte, ich könnte nicht glauben, dass gar niemand aus unserem Dorf bei der Ustascha war. Er knurrte, machte eine Faust und hielt sie mir unter die Nase, dann stand er auf, holte seine Prothese heraus, nahm seine Brille ab und legte sie auf den Tisch.

Was machen Sie denn da?, fragte ich entsetzt.

Komm schon, sag das noch einmal, dann schlage ich dich zusammen.

Im Moment verspürte er nicht den Wunsch, mich zusammenzuschlagen. Er erzählte mir vom Wald am abfallenden Rand seines Grundstücks.

Er sagte, im Wald wachsen Akazie, Birke und Wildkirsche, aber auch Schwarz-Erle, Buche, Hainbuche und Espe. Dabei wurde vor vierzig Jahren dort gerodet.

Gerodet, wunderte ich mich.

Ja, bekräftigte der Alte. Man rodete mit Ochsen. Mein Feld ist auch dort. Das heißt, es war dort.

Sie haben auch mit Ochsen gerodet?

Selbstverständlich, was denn sonst?, sagt er.

Warum haben Sie damit aufgehört?
Warum ich aufgehört habe? Weil es billiger und leichter wurde, Brot zu kaufen, als zu roden, zu säen, zu ernten und Brot zu backen. Niemand mehr wollte auf dem Feld arbeiten, alle wollten in die Städte. Du bist der Einzige, der seit dem Zweiten Weltkrieg hierher gezogen ist. Und du behauptest, du wärst nicht auf der Flucht vor jemandem?
Ich schüttelte den Kopf.
Dann bist du verrückt, lachte er.

Heute Morgen stritt der Alte Mann mit einem Raben. Die beiden krächzten sich gegenseitig an, einer lauter als der andere, man hatte wirklich etwas zum Zuhören. Zuerst fand ich es ungewöhnlich, als ich das laute Gekrächze des Alten Mannes hörte, seinen lauten Gesang und sein Sprechen, aber das Unbehagen dauerte nur so lange, bis ich selbst damit begann, mich laut zu unterhalten, mit den Katzen und dem Hund, mit den Vögeln und den Bäumen, mit dem Tal und mit dem Wald, und auch ich krächzte und zwitscherte. Der Rabe hat sein Nest in der Nähe des Alten Mannes, und wie es unter Nachbarn eben üblich ist, geraten die beiden ab und zu in Streit. Dann krächzen sie, einer lauter als der andere, so lange, bis einer genug vom Streit hat. Meistens gibt der Rabe als Erster auf.

Das Telefon

Ein Scheißtelefon in meiner Bude? Ein Saloon ist ein verdammter Zufluchtsort. Jeder Mann, der seinen Namen verdient, weiß, wie wichtig es ist, unerreichbar zu sein.

Das sagte Ian McShane in seiner Rolle als Al Swearengen, einem Besitzer von Saloons und Bordellen im Film *Deadwood*.

Unser Haus ist kein Wirtshaus und kein Bordell, aber es ist ein Zufluchtsort, und wir besitzen kein Telefon. Das heißt, ich habe ein Handy, aber das bleibt die meiste Zeit stumm. Es dient mir nur dazu, um mit Lila zu sprechen. Lila und ich telefonieren mit Video. Ich zeige ihr das Haus, die Katzen, den Hund, den Obstgarten, die Wiese, den Himmel, und sie mir die Wohnung, den Park, die Wohnhäuser. Ansonsten bleibt das Handy still. Letzte Woche hat mich niemand angerufen. Die Woche zuvor auch nicht. Ich weiß nicht mehr, wann ich das letzte Mal einen anderen Anruf außer dem von Lila entgegengenommen habe.

Und wenn das Telefon einmal doch läutet, lauten die Gespräche in etwa so:

Guten Tag, ich bin Daniela aus der Parfümerie Doris, könnten Sie mir einige Fragen beantworten?

Ohne meine Antwort abzuwarten, stellt sie mir schon die Frage, wo ich Parfums und Deos kaufe, in einer Parfümerie oder übers Internet.

Ich kaufe keine Parfums und Deos.

Sie kaufen keine Parfums und Deos?
Nein. Ich wasche mich.
Danke, auf Wiederhören.

Guten Tag, wir rufen an aus der Agentur Kompas plus, wir führen eine Umfrage zum Fernsehprogramm durch, und daher würden wir Sie bitten …
Ich habe keinen Fernseher.
Sie haben keinen Fernseher?!
Nein.
Na gut, dann entschuldigen Sie bitte, auf Wiedersehen.

Guten Tag, hier spricht Andrej aus der Agentur Javno, wir führen eine Umfrage über das Rating von politischen Parteien durch …
Ich mag keine Parteien und Politiker.
Gut, ich verstehe schon, aber Sie haben bestimmt eine Meinung dazu …
Habe ich Ihnen doch gerade gesagt, ich hasse diesen Abschaum. Dafür liebe ich Vögel, Regenwürmer, Katzen …
Wie bitte, was haben Sie gesagt?
Ich habe gesagt, ich liebe Vögel, Katzen, außerdem Hunde. Katzen vielleicht etwas mehr als Hunde, wissen Sie, denn im Unterschied zu den Hunden arbeiten die Katzen nicht für die Bullen.
Andrej bricht das Gespräch grußlos ab.

Wenn ich ab und zu Lust habe, mit einem Unbekannten zu sprechen, nimmt die Sache aber auch kein gutes Ende.
Guten Tag, ich bin Ivana aus der Firma Betagama, am Montag organisieren wir eine Präsentation unserer Nahrungsergänzungsmittel …

Wie geht es Ihnen, Ivana?

Wie bitte?!

Ich frage Sie, geht es Ihnen gut? Sind Sie mit ihrer Arbeit und Ihrem Leben generell zufrieden? Möchten Sie über solche Dinge sprechen?

Sie sind nicht normal.

Natürlich bin ich nicht normal. Wer, der heutzutage normal ist, möchte heutzutage normal sein? In diesen Zeiten! Eine solche Verrücktheit kann ich mir nicht leisten, normal zu sein, so zu tun, als sei alles in Ordnung, Ruhe zu bewahren, keinen Gesichtsmuskel zu verziehen, wenn ich sehe und höre, was rund um mich herum passiert.

Also, ich gebe gerne zu, ich bin verrückt.

Die normalen Menschen sind im Augenblick, und wir haben Mittwoch, zwei Uhr nachmittags, damit beschäftigt, ihre Karriere voranzubringen, Kohle zu scheffeln, mit ihren Freunden bei einem Bier die Lage im Fußball zu besprechen, sie freuen sich über ihr Vorankommen am Arbeitsplatz, ärgern sich über die Korruption in der Gesellschaft, schnurren zufrieden vor sich hin, weil sie einen Managerbonus kassiert haben, freuen sich darüber, dass sie am Unglück eines anderen gut verdient haben, sorgen sich um Kredite, Hypotheken, Pensionen, Pfändungen, Coronavirus-Pandemie, Zukunft und so weiter und so fort, je nachdem. Und was mache ich indessen? Ich sitze zu Hause, kraule den Hund, schaue aus dem Fenster, höre die Johannespassion von Bach und denke über Folgendes nach: Die Musik, die ich höre, wurde 1964 aufgenommen. In diesem Jahr wurde ich eingeschult. In der Schulklasse saßen wir zu zweit in der Bank, die schräggestellte Tischplatte und der Stuhl bildeten eine Einheit, auf dem Tisch hatten wir Mulden für Tintenfässer, und neben der Schultafel stand ein

Rechenschieber. Ich stelle mir vor, wie ich in meiner Schulbank sitze, in Veliki Kablići, ich sehe aus dem Fenster das Karstfeld Livanjsko polje und den Berg Kamešnica und höre zu, wie die Lehrerin Addition und Subtraktion erklärte. Zeitgleich wurde in München im Konzertsaal, aus dessen Fenstern der Hofgarten zu sehen ist, Bachs Oratorium aufgeführt und aufgenommen. Zwischen mir und diesem Konzert klaffte damals ein Abgrund. Fünfzig Jahre mussten vergehen, bis ich diesen Abgrund überbrücken konnte, bis ich den Sprung vom Tintenfass zur CD machen und die Musik in die Freiheit entlassen konnte. Jetzt sitze ich neben dem Fenster, von wo aus ich das Tal, den Wald und eine Gebirgskette irgendwo in Slowenien sehen kann, und höre eine Aufnahme aus einer längst vergangenen Zeit.

Während ich die Arien, Choräle, Rezitative, Chorgesang und Orchesterspiel höre, begegne ich auch unmittelbar Bach selbst, der ein Oratorium schreibt, und den Musikern, die es interpretieren. So wie ich, wenn ich das Gedicht »Empfindung« lese, das Gemälde »Reisende unter Bergen und Bächen« betrachte und den Film *Deadwood* schaue, unmittelbare Begegnungen erlebe, von Angesicht zu Angesicht mit Rimbaud, während er seine Gedichte schreibt, mit Fan Kuan, während sein Pinsel über die Seide gleitet, und mit Ian McShane, der vor der Kamera sagt, dass ihm ein Scheißtelefon nicht ins Lokal kommt. Bach, Rimbaud, Fan Kuan und McShane hätten sich eine solche Situation nicht träumen lassen, aber da sind wir nun alle versammelt, und sie alle sprechen zu mir. Der eine mit seiner Musik, der andere mit seiner Feder, der Dritte mit seinem Pinsel, der Vierte mit seiner Stimme und seiner Mimik. Kunstwerke sind Saiten, die Raum und Zeit überbrücken.

Ein ganz und gar gewöhnlicher Morgen in einem Dorf am Rande der bekannten Welt

Gestern Abend postete meine Verlegerin auf Facebook einige Fotos von einer Buchmesse. Auf einem Foto ist sie mit einem Mann zu sehen, weißes Haar, schwarzer Anzug, der Mantel nach heutiger Mode viel zu eng, spitz zulaufende Schuhe. Zuerst dachte ich, es sei kein Geringerer als Jim Jarmusch, aber dann stellte sich heraus, es handelte sich um einen berühmten Schriftsteller. Jarmusch hat Stil, er würde sich niemals so anziehen.

Heute Morgen fiel mir nach dem Aufwachen Folgendes ein, im Zusammenhang mit diesem Schriftsteller: Wir beide sind im gleichen Geschäft tätig, wir haben sogar den gleichen kroatischen Verlag. Aber denkste.

Er wachte heute Morgen in einem Fünfsternehotel auf, noch leicht verkatert vom gestrigen Glamour bei der Eröffnungszeremonie, anschließend gab es ein feierliches Abendessen, es wurde Wein oder noch etwas anderes getrunken, keine Ahnung, welche Getränke bei solchen Anlässen serviert werden, die ganze Zeit waren alle Augen auf ihn gerichtet, Kameras, Objektive, Mikrofone … Heute Morgen wachte er also in einem Hotelzimmer auf, duschte, kleidete sich an und ging hinunter zum Frühstück, und wieder schauten ihn alle an, lächelten ihm zu, baten um ein Autogramm.

Und ich dagegen? Ich wache auf in einer Hütte, in einem verlassenen Dorf, im grauen Morgenlicht, ich höre den Nieselregen, eigentlich hat mich mein Hund aufgeweckt, als er mein Gesicht abschleckte, winselte und versuchte, zu mir ins

Bett zu klettern, vom Dachboden kommen die Katzen nach und nach über die Leiter herunter, alle sechs, und sieben Augenpaare starren mich an, alle wollen Futter. Ich stehe auf, in Unterhose und einem T-Shirt mit angeknabberten Rändern (ein hündisches Problem), schlüpfe in meine grellgrünen, abgewetzten, angeknabberten, durchgekauten Hausschuhe von Ikea, fülle die Futternäpfe für die Katzen mit der einen Hand, während ich mit der anderen Hand den Hund auf Abstand halte, anschließend fülle ich den Futternapf des Hundes, er saugt sein Essen sekundenschnell auf und möchte sofort raus, ich lasse ihn in den Garten, er erledigt sein kleines Geschäft, läuft anschließend zum Pflaumenbaum, wo er sein großes Geschäft erledigt, und ich, noch immer in Unterhose, nehme eine Plastiktüte, ziehe meine Hausschuhe aus, meine Gummigaloschen an und gehe hinaus in den Regen, um Hundescheiße aufzusammeln, und erst dann, erst dann … koche ich Kaffee, wasche mir das Gesicht, putze meine Zähne, ziehe mich an, hole die Butter aus dem Kühlschrank, damit sie fürs Frühstück weich wird, mache Feuer, um die graue Feuchtigkeit aus dem Haus zu vertreiben.

Während ich darauf warte, dass die Butter weich wird, sitze ich vor dem Ofen, trinke Kaffee und lese *Die Stille* von Jens Bjørneboe. Dobra sitzt in meinem Schoß. *Die Stille* ist das dritte Buch der Trilogie *Geschichte der Bestialitäten*. Das zweite Buch, *Der Pulverturm*, hat einen hervorragenden Anfang. Eine Katze im Krankenhaus pinkelt auf den Finanzminister. »Die gefaltete Zeitung lag da, das Porträt Seiner Exzellenz nach oben gekehrt. Ob dieses Ereignis einen tieferen oder höheren Sinn hatte, könnte ein Laie der Theologie wohl kaum bestimmen. Ungewöhnlich ist nur, dass die Entweihung des ökonomischen Würdenträgers sich ausgerechnet am Pfingstmorgen zutrug, also zum Pfingstfeiertag, und dass es ausgerechnet eine französische Katze war, die ihre Notdurft auf das Gesicht von Franz-Josef Strauß verrichtete«, schreibt Bjørneboe und schließt mit der Bemerkung, dass die Zeitung anschließend zu nass war, um sie zu intellektuellen Zwecken zu lesen, die Katze jedoch von ihm den Segen hatte, auch in Zukunft alle gegenwärtigen Politiker der Reihe nach anzupinkeln.

Zum gleichen Zweck breitete ich eines Tages im Sommer im Garten Zeitungsblätter auf den Boden, auf denen Fotos von Politikern abgedruckt waren. Die Auswahl war köstlich, der wichtigste Köder, auf dem meine größten Hoffnungen ruhten, war das amerikanisch-russische Duo Trump-Putin. Wie schon erwähnt, kaufe ich normalerweise keine Zeitungen, ich lese sie auch nicht, aber für mein kleines Experiment hatte ich mir einige Exemplare zugelegt, schließlich verlangt die Wissenschaft Opfer. Interessanterweise pinkelten die Katzen auf keinen der beiden, und auch sonst auf keinen anderen Politiker. Das lag vermutlich daran, dass sie Buddhisten waren und somit alle Lebewesen liebten, also auch die Politiker. Oder aber sie verfügen über einen so guten Instinkt, dass sie sogar anhand von Fotos erkennen können, dass diese Clique nicht einmal Katzenpisse verdient.

Kodo und Corto

Hundedreck im Garten zu sammeln ist so ähnlich wie Nüsse sammeln. Wenn du den Hundedreck gezielt suchst, wirst du ihn nicht finden. Man muss ihn suchen, ohne ihn zu suchen. Nur dann findet man ihn. Eher findet man Hundedreck mit der Schuhsohle als mit dem Auge. Interessanterweise ist Katzendreck im Garten nicht einmal in Spurenelementen vorhanden. Katzen sind anständiger und diskreter in Bezug auf ihre Exkremente, aber auch sonst. Ich kann mich nicht entsinnen, jemals eine Katze dabei erwischt zu haben, wie sie im Hof ihre Notdurft verrichtet. Der Garten ist groß genug, es ist nicht nötig, das eigene Geschäft direkt vor der Haustür zu erledigen. Dafür finde ich tote Mäuse, Spitzmäuse und Vögel. Als ich dem Hund den Namen des Zen-Meisters Kodo Sawaki gab, konnte ich nicht ahnen, dass der Hund zu meinem Zen-Lehrer avancieren würde, indem er täglich seinen Dreck überall im Garten säte. Aber er wurde zu meinem Zen-Lehrer. Er und die Katzen ebenso. Tote Mäuse, Vögel und Hundedreck aufzusammeln ist nichts anderes als die reinste Präsenz, im Hier und Jetzt, eine Meditation im Gehen. Kinhin. Jeden Tag meditiere ich im Gehen.

Welchen Sinn hat die Ankunft des Bodhidharma in China, frage ich meine Lehrer.

Meine Scheiße, sagt Kodo.

Meise, sagt Buda.

Spitzmaus, sagt Dobra.

Maus, sagt Maga.

Maulwurf, sagt Čangi.
Amsel, sagt Bela Dva Srca.
Rotkehlchen, sagt Milica.

Wir stecken schon seit zwei Tagen in einer Wolke. Ich atme die Feuchtigkeit, ich gehe durch die Feuchtigkeit, ich gehe auf der feuchten Erde. Es ist kalt. Die feuchte Kälte deprimiert mich. Ich verlasse das Haus nur, um aus dem Holzschuppen Brennholz zu holen. Und um im Gehen zu meditieren. Die restliche Zeit verbringe ich in der Nähe des Feuers.

Das ist der Grund, warum die Kroaten nie die Welt erobert haben. Die Kroaten sind Weltmeister darin, Ausreden zu finden, Abkürzungen und Schlupflöcher im Gesetz aufzuspüren, sie sind Meister des Schwindelns, der Lüge, der Hinterlist, des Betrugs, und überhaupt, Meister der Improvisation, jedoch sind sie völlig unfähig, komplexere Unternehmungen in Angriff zu nehmen, wie etwa die Verwaltung einer größeren Stadt, eines Staats, eines Königreichs oder die Eroberung weit entfernter Gebiete. Es ist zu kalt, der Bura-Wind weht, gleich wird es regnen, es regnet, der Jugo-Wind beschert uns hohen Seegang, der Schnee hat alle Wege verweht … Wer soll sich damit abplagen. Besser ist, man bleibt einfach zu Hause. Es ist klüger. Sicherer. Die Welt können wir ein anderes Mal erobern.

Aber nicht alle Kroaten sind so. Es gibt durchaus welche, die keine Angst vor Wind, Regen, Meer und Eis haben. Zum Beispiel, die kroatischen Seefahrer. Ich meine jetzt nicht die Kriegsschiffe der kroatischen Könige und die Uskoken von Senj, das Segelschiff Stefano mit der kroatischen Besatzung, das Kohle von Cardiff nach Hongkong brachte, an ein Korallenriff geriet und einige Meilen vor der Küste Australiens unterging, ich meine auch nicht die Partisanenflotte im Zweiten

Weltkrieg. An dieser Stelle möchte ich lediglich an die zwölf kroatischen Matrosen erinnern, die 1871 an einer Polarexpedition auf dem österreichischen Segelforschungsschiff S/X Admiral Tegetthoff teilnahmen. Der Fregattenkapitän Heinrich von Littrow konnte sich in der Seeschlacht bei Vis 1866, als die österreichische Marine der italienischen eine Niederlage zufügte, vom Mut und Geschick der kroatischen Seeleute selbst überzeugen und half den Expeditionsleitern Carl Weyprecht und Julius Payer, die in die Arktis aufgebrochen waren, die kroatischen Besatzungsmitglieder, von Weyprecht als Quaerneroli bezeichnet, auszuwählen. Die österreichische Flotte wurde in dieser Schlacht von Wilhelm von Tegetthoff befehligt, nach dem später das Schiff für die Arktis-Expedition benannt wurde.

Das Segelschiff war, eingeschlossen von Packeis, eher wie eine Eisscholle unterwegs und weniger gesteuert durch das Können der Seeleute, dennoch entdeckte das Personal der Tegetthoff ein bis dato unbekanntes Archipel und gab ihm den Namen Franz-Josef-Land, während ein Kap den Namen Kap Fiume erhielt. Zwei Jahre lang drifteten sie von Eis eingeschlossen dahin, und als ihnen klar wurde, dass sie einen dritten Winter auf dem Schiff nicht überleben würden, ließen sie das Schiff im Packeis zurück. Mit drei Booten legten sie segelnd und rudernd dreihundert Meilen zurück, anschließend waren sie drei Monate lang auf dem Eis zu Fuß unterwegs. Im September 1874 wurden sie von russischen Fischern gerettet und nach Norwegen gebracht.

Wie man sieht, sind die Kroaten keine Eroberer und Kolonialherren, sondern Abenteurer vom Rand Europas. Ihr Land ist eine arme Provinz, weit entfernt von der Ordnung, dem Glanz und dem Reichtum, die man in Brüssel, London und Madrid und anderen Metropolen bestaunen kann, deren Glanz und Reichtum, nebenbei gesagt, nicht vom Himmel gefallen und auch nicht Produkt der anständigen Arbeit ganzer Generationen sind, sondern auf Raub beruhen. Jahrhundertelang praktizierter Raub und Ausbeutung, Kolonialismus genannt, Freihandel und freier Kapitalfluss, oder einfacher gesagt, Globalisierung, konnten nicht anderswo hinführen als schnurstracks zur Armut der ausgeraubten Völker und Kontinente, die bloß Krümel abkriegten, oder, noch schlimmer, nur die negativen Nebenwirkungen der Globalisierung, ohne sich jedoch an einen Arzt oder Apotheker um Rat und Hilfe wenden zu können. Heute breitet sich die Armut auf allen Kontinenten aus, wir sehen sie schon in den Vorstädten der Metropolen, es ist eine Pandemie der Armut. Auf eine perverse Weise bin ich froh darüber, dass ich in der armen Provinz geboren bin, dass ich ein Nachfahre von Menschen bin, die sich nur in lokalen Gewalttaten und Verbrechen die Hände schmutzig gemacht haben, dass unsere hiesigen Reichen und Mächten nicht etwa indische, haitische, peruanische, kongolesische oder nigerianische Familien ausgeraubt haben, sondern bloß ihre eigenen Nachbarn.

Hätte Hugo Pratt mehr über die österreichisch-ungarische Nordpolexpedition gewusst, dann wäre der Vater seiner Figur Corto Maltese vielleicht ein Matrose aus der Kvarner-Bucht gewesen und nicht etwa ein Seemann aus Cornwall. Pratt verbrachte einen Gutteil seines Lebens in der Nähe Kroatiens, nämlich in Venedig, er zeigte jedoch wenig Interesse an seinen Nachbarn. Vielleicht hätten sie sogar sein Interesse geweckt, wenn die illyrischen Volksstämme so zäh gewesen wären wie die Kelten, wenn sie überlebt hätten. Wenn also das heutige Kroatien von Japoden, Delmaten, Liburnern, Histriern und anderen Volksgruppen bevölkert wäre. Sie sind jedoch ausgestorben, tot sind auch ihre Sprachen, Lieder und Legenden. Sie haben nicht viel hinterlassen, einige Mauern, Reliefs, Schilder, Krüge, Helme, Speerspitzen, Tänze, Armbänder und eine Mütze aus Bronzeblech. Alles andere wurde verschluckt, von der Zeit, den Römern und den Slawen. Und deshalb verliebte sich die Mutter von Corto Maltese, eine Roma-Frau aus Sevilla, in einen Seemann aus Cornwall, und nicht in einen Liburner.

Und hätte sich Pratt ein bisschen mehr mit dem Russisch-Japanischen Krieg beschäftigt, in dem Corto mit dem Amerikaner Jack London Freundschaft schloss, einem Kriegsberichterstatter, der mit den japanischen Soldaten unterwegs war, dann hätte er seinem Helden in der Mandschurei eine Begegnung mit Kōdō Sawaki bescheren können. Sawaki war damals noch ein junger Zen-Schüler mit einer Cortosianischen Biographie: Als er fünf Jahre alt war, starben seine Eltern, und er wurde von einem Glücksspieler und Lampion-Händler adoptiert, einem unberechenbaren und faulen Mann, der an Tabak und Sex glaubte und elf Mal heiratete, das letzte Mal eine Prostituierte. Das Schicksal warf Kōdō umher, und als Dreizehnjähriger kam er in Kontakt mit Zen und Kalligrafie, und bereits mit siebzehn war er Mönch im Zen-Tempel Eihei-ji in der Präfektur Fukui. Im Russisch-Japanischen Krieg war Kōdō Infanterist in der japanischen Königsarme, 1904 wurde er in einer Schlacht in der Mandschurei schwer verwundet, erhielt eine goldene Medaille als Auszeichnung, und als er wieder gesund war, musste er weiterkämpfen. Im Jahr 1906 kehrte er nach Japan zurück, widmete sich dem Studium des Buddhismus und avancierte im Laufe der Jahre zu einem großen Zen-Lehrer. Ich kann vor meinem inneren Auge sehen, wie in einem Comic-Kästchen der verwundete Infanterist Kōdō auf einer Bahre liegt, während Corto zu ihm sagt: »Keine Sorge, junger Mann, das ist nicht weiter schlimm«, und ihn dann mit Jack London bekanntmacht, der, durch das Leben des japanischen Zen-Meisters inspiriert, später einen Roman über die Zen-Lehre des Kriegers Kōdō schreibt.

So weit kommt man also, während man an einem vernebelten Morgen Hundedreck im Garten aufsammelt. Bis zur Polarexpedition, zum Krieg in der Mandschurei und zu den marginalisierten Abenteurern aus Volosko und anderen Provinzstädtchen.

In einem Fragment in seinem *Buch der Umarmungen* erzählt Eduardo Galeano, wie er einmal seine Geschichten zu Borges brachte und ihn bat, sie zu lesen. Galeano erwartete, ermunternde Worte zu hören, erhielt jedoch bloß den folgenden Kommentar: »Mein Sohn, sieh mal. Wäre Beethoven in Tacuarembó auf die Welt gekommen, dann hätte er die städtische Musikband angeführt.«

Was wäre aus Beethoven geworden, wenn er in Livno zur Welt gekommen wäre? Hätte er ein Instrument gespielt? Gusle? Diple? Flöte? Oder wäre er Bauer, Viehzüchter und Tischler geworden wie mein Ururgroßvater, der fünf Jahre jünger als Beethoven und vermutlich ein Analphabet war, der sein Leben lang nie sein Karstfeld Livanjsko polje verlassen hat. Manchmal tut es mir leid, dass ich lesen und schreiben kann, dass ich diese Gegend verlassen habe und dass ich nicht, so wie mein Vorfahre Luka, ein Bauer und Tischler bin, der nicht lesen und schreiben kann.

Wildkirschen

Eines Tages tauchte der Alte Mann in meinem Garten auf, mit einem Armvoll Wildkirschsprösslingen über der Schulter. In einer Hand hielt er eine Spitzhacke.

Du hast doch gesagt, du willst Wildkirschen pflanzen, sagte er, als er das Erstaunen in meinem Gesicht sah.

Ja, das hatte ich vor zwei, drei Monaten mal gesagt, so nebenbei, ich hatte angekündigt, einige Sprösslinge von Wildkirsche einzupflanzen und im Frühling Setzlinge abzunehmen, aber ich hatte überhaupt nicht die Idee gehabt, dass der Alte Mann mir die Sprösslinge besorgen sollte, und schon gar nicht in dieser beeindruckenden Menge. Ich starrte auf all das, was er mitgebracht hatte. Der Alte Mann hatte einen ganzen Wald an Wildkirschsprösslingen ausgegraben und in meinen Garten gebracht.

Sie hätten sich nicht so viel Mühe machen sollen, sagte ich.

Keine Sorge, dieses Ding hier gräbt von ganz allein, sagte er grinsend und hob die Spitzhacke in die Höhe.

Ich muss jetzt also, wie viele… fünfzehn Löcher graben?, fragte ich.

Nur zwölf, antwortete er fröhlich. Wie die zwölf Apostel. Jetzt ist der richtige Zeitpunkt, man macht es besser im Herbst als im Frühling, fügte er hinzu, als würde mich das trösten.

Ich stöhnte und lud ihn ein, ins Haus zu kommen.

Hast du noch deinen Schnaps?, wollte er wissen.

Er meinte den Birnenschnaps, den ich im Nachbardorf erstanden hatte.

Sie könnten auch mal etwas von Ihrem selbstgebrannten Pflaumenschnaps vorbeibringen.

Ich vergesse das immer, sagte er und warf mir einen bauernschlauen Blick zu.

Die Katzen, die im Haus waren, versteckten sich, sobald der Alte Mann hereinkam. Kodo hob nur den Kopf, um herauszufinden, wer da bei mir war, um dann neben dem Bett weiterzudösen. Ich fragte mich, was ist es bloß, was die Tiere spüren, und ich nicht, sodass sie dann vor dem Alten Mann Angst haben oder mit ihm nichts zu tun haben wollen. Na gut, Katzen sind vorsichtige Lebewesen, aber das war schon mehr als Vorsicht. Wenn eine von ihnen aus dem Dösezustand hochschreckt und rasch hinter dem Haus verschwindet oder unter die Diele schlüpft, dann kann ich sicher sein, der Alte Mann ist im Anmarsch. Ich höre ihn nicht, ich sehe ihn nicht, aber die Katzen sagen mir, er ist unterwegs. Ich schenkte uns Rakija ein, wir stießen an. Da ich keine Lust hatte, mir seine Kriegserlebnisse anzuhören, fragte ich ihn, wie es ist, in einem verlassenen Dorf zu leben. Er blickte mich an, als hätte ich soeben etwas unglaublich Dummes gesagt.

Das weißt du doch selbst, sagte er, du lebst doch auch in einem leeren Dorf.

Sie sind ja da, sagte ich.

Und du bist doch auch da, sagte er. Wenn du mich mitzählst, dann kannst du auch die Leute im Nachbardorf mitzählen, sie sind nur ein, zwei Kilometer von hier entfernt. Und auch Zagreb ist nicht am anderen Ende der Welt.

Der Alte Mann hatte recht. Die Tatsache, dass sein Haus nur fünf Minuten von meinem entfernt war, und das Haus von jemand anderem zwanzig Minuten oder eine Stunde entfernt war, machte mich nicht zu einem ihm nahestehenden Menschen und die anderen zu Fremden. Die Welt ist unendlich groß, aber ich bewege mich innerhalb eines beschränkten, eng gefassten Raums. Das macht diesen Raum aber nicht zu meinem Aufenthaltsraum. Die Welt ist mein Aufenthaltsraum, nur bin ich nicht dazu gemacht, die gesamte Welt zu nutzen und ganz zu kennen, so wie ich meinen eigenen Garten ganz nutze und kenne, oder das Tal dort drüben, das ich an einem Tag durchqueren kann.

Außerdem, fügte der Alte Mann hinzu, noch vor zwei Jahren gab es hier Menschen. Manche sind inzwischen gestorben, andere sind in Altersheimen, manche leben bei ihren Kindern. Wenn mehr Menschen da sind, gibt es auch mehr Spaß, aber auch mehr Streit und andere Probleme. Jetzt gibt es weniger Spaß und weniger Probleme. Alles in allem, ganz gleich, ob hier hundert Leute oder nur wir beide leben, es laufe auf dasselbe hinaus.

Ich hörte ihm nicht mehr zu. Ich schaute durch ihn hindurch. Missmut überkam mich. Wann hört er endlich auf zu reden, dachte ich. Als hätte ich sonst nichts zu tun. Als müsste ich nicht noch verdammte zwölf Löcher für Wildkirschen graben.

Einsamer Hahn im Glaskäfig eines Cafés singt Lieder aus Zagorje

Za vse kaj ih je i kaj ih ni …

Seit gestern Abend verfolgt mich dieses Liedchen aus Zagorje. Ich hörte es auf dem Heimweg in der verregneten Nacht.

Ich war zu einer Lesung in Zagreb eingeladen. Dort sprach ich über Berge, Wälder, Garten, Wiese, Obstgarten, Vögel, Schmetterlinge … Eine Frau aus dem Publikum fragte mich, ob ich mein chinesisches Sternzeichen kannte. Ich schüttelte den Kopf.

Einsamer Hahn, sagte sie, Sie sind ein einsamer Hahn.

Klingt gut, sagte ich, gefällt mir. Ich könnte in Zukunft unter dem Pseudonym Einsamer Hahn schreiben.

Regen, Nebel entlang der Straße und darüber, trübe Autolichter ergossen sich über den Asphalt, lange Lichtstrahlen auf der Gegenfahrbahn, ich überholte einen Lastwagen mit Anhänger, der Wasser um sich herum verspritzte, sodass ich mich in einer Autowaschanlage wähnte, und dann erblickte ich plötzlich und unerwartet glänzende Glaswände eines Cafés an einer Tankstelle, darin einige Gäste, wie auf dem Bild »Nighthawks« von Edward Hopper. Ich hielt an, betrat das Café und bestellte einen Tee. Ich stand neben der Glaswand und trank meinen Tee, als aus dem Lautsprecher die Stimme von Drago Diklić ertönte.

Wo bist du, wo bist du, mein Freund …

Ich habe schon erwähnt, manchmal wünsche ich mir mit aller Kraft das zurück, was unwiederbringlich vorbei ist, denn meine Wünsche sind rückwärtsgewandt. Was würde ich jetzt bloß für eine Nacht in einem Wirtshaus in einem Vorort von Zagreb geben oder in einem Dorf in Zagorje, in einer dieser Kneipen, die es nicht mehr gibt. Einfach wieder dort sein, mit Freunden, einen Gemišt trinken, rauchen, reden und lachen, Lieder hören aus dem Kassettenspieler vom Flaschenregal. Nachtvögel aus Zagreb und aus Zagorje. Die Atmosphäre war wie in den Liedern von Tom Waits, nur die Musik war anders. Melancholie in der Version der Hügel des Zagorje.

Einsamer Hahn im Glaskäfig des Cafés bei der Tankstelle singt mit den anderen Nachtvögeln traurige Lieder aus Zagorje.

Das zählende Lebewesen

Die Zahl selbst entmutigt mich – zwölf. Wer soll so viele Löcher graben. Wer soll zwölf Löcher für Sprossen der Wildkirsche graben.

Wie fasziniert wir doch alle sind von Zahlen und vom Zählen.

Sechsunddreißig Ziegen in der Herde.

Fünfhundertvierundsechzig Bäume im Wald.

Vierzig Hektar Landbesitz.

Achtundneunzig Berge und sieben Flüsse in der Umgebung.

Acht Planeten des Sonnensystems.

Sieben Kontinente. Oder doch sechs? Vielleicht fünf? Vier klingt auch nicht schlecht.

Fünf Ozeane.

Acht große Meere und noch ein paar kleine Meere, ein kleiner Meeresrest.

7 800 000 000 Menschen und noch ein bisschen mehr, ein kleiner Menschenrest auf der Erde.

10 180 000 und noch ein bisschen mehr Quadratmeter Europa.

Vor der Erfindung der Zahlen war die Welt eins.

Wenn du eines nicht verstehen kannst, erfindest du vieles.

Wenn du mit einem nicht leben kannst, erfindest du das Vielfache.

Wenn du nicht begreifen kannst, dass die Welt eins ist, oder dies aus irgendeinem Grund nicht akzeptieren möchtest, brichst du sie in Stücke und zählst sie ab.

Du erfindest auch eine Zahl für das Unzählbare – unzählig. Hauptsache, alles ist richtig an der Zahl. Unzählige Sterne und Galaxien. Unzählige Grashalme. Unzählige Blätter im Wald. Unzählige Flüsse und Bäche. Unzählige Berge. Unzählige Sandkörner am Strand.

Was für ein Unsinn, Unterschiedliches abzuzählen. Als gäbe es zwei gleiche Grashalme, zwei gleiche Sandkörner, zwei gleiche Ziegen, zwei gleiche Berge, zwei gleiche Flüsse, zwei gleiche Menschen, zwei gleiche Sterne. So als würde man acht sagen und dabei an eine Gesamtsumme denken, bestehend aus Stieglitz, Laubfrosch, Eschenbaum, Löffelkrautstiel, Quelle im Fels, Kiesel, Regentropfen und Mond.

Es heißt, der Mensch werde in eine Welt hineingeboren, die er selbst erschaffen hat. Diese Welt stirbt mit ihm. Er und die Welt sind eins. Dennoch fühlt er sich nicht gut darin. Ständig macht er sich daran zu schaffen, zerbröselt seine Welt, demontiert sie, zählt sie ab. Andere Lebewesen sind in der Welt, die sie geschaffen haben, zufrieden. Sie sind die Welt, und sie sind glücklich. Deshalb zählen sie nicht.

Ich bezweifle, dass die schlaue Idee von Jim Knopf mit der Wilden Dreizehn mir in dieser Situation mit den zwölf Sprossen der Wildkirsche weiterhelfen könnte; also, die Sprossen abzuzählen und zu sagen, sie seien in Wirklichkeit weniger. Deshalb stelle ich mir vor, ich bin in einer Welt mit zwölf Löchern im Obstgarten geboren, wo ich zwölf Sprossen der Wildkirsche einsetzen werde, mit denen ich ebenfalls geboren bin. Anschließend höre ich auf, Löcher und Sprossen zu zählen, und beginne zu graben.

Maga ist Moos

Ich frage mich, ob jeder von uns etwas Kleines, Extravagantes an sich hat, irgendein blödes Merkmal, etwas so Überflüssiges wie einen Blinddarm. Ich habe so etwas. Ich merke mir die ersten Sätze einiger Romane. Dabei habe ich nicht absichtlich versucht, sie auswendig zu lernen, beispielsweise mag ich den Roman *Anna Karenina* gar nicht so besonders, dennoch kann ich die ersten Sätze noch Jahrzehnte später fehlerlos aufsagen. Es gibt keinen Anfang. Ich bin geboren, jeder kommt an die Reihe, danach ist alles nur Zugehörigkeit. Ich wohne in der Villa Borghese. Hier ist nirgendwo eine Spur von Schmutz; kein Stuhl, der nicht an seinem Platz steht. Wir sind hier ganz allein und wie Tote. Alle glücklichen Familien gleichen einander, jede unglückliche Familie ist auf ihre eigene Weise unglücklich. Ob ich die Maga finden würde? Und bla bla bla, bis hin zu dem, dass zufällige Begegnungen überhaupt nicht zufällig sind und dass nur jene Menschen Verabredungen treffen, die auf linierten Blättern schreiben und Zahnpasta von unten ausdrücken.

Welch eine Verschwendung der Hirnrinde. Das ist so, wie wenn sich euch der Name der Frau, die dem amerikanischen Präsidenten einen geblasen hat, eingebrannt hat, während ihr den Namen des Mannes, der Menschen aus einem brennenden Haus gerettet hat, sofort vergessen habt, sobald ihr die Nachricht gelesen habt. Aber, wie gesagt, ich habe die Anfangssätze von Romanen nicht mit Absicht auswendig gelernt, sie haben sich einfach an mich geklebt und wollen nicht mehr weg. Viele Dinge habe ich vergessen, vieles ist mir entfallen, viele Namen guter Menschen und nützlicher Dinge nehme ich an, nicht aber die Anfänge von *Pseudo*, *Wendekreis des Krebses*, *Anna Karenina*, *Rayuela*. Das Schlimmste ist jedoch, die Fragmente tauchen auf, wenn ich sie am wenigsten erwarte, in Situationen, die gar keinen Bezug zu Literatur haben.

Geburtsdatum, wollte einmal ein Versicherungsangestellter von mir wissen, und ich begann, unkontrolliert zu lachen.

Ich bin geboren, sagte ich, jeder kommt an die Reihe.

Steigen Sie aus Ihrem Fahrzeug aus, bat mich ein Verkehrspolizist, weil er den Verdacht schöpfte, dass ich etwas getrunken hatte.

Ob ich die Maga finden würde?, fragte ich lachend zurück.

Und so war ich für drei Monate meinen Führerschein los.

Dabei muss ich die Maga gar nicht suchen. Meine Katze Maga ist häuslicher als alle anderen Hausbewohner. Buda ist manchmal tagelang weg, ich glaube, sein Rekord beträgt acht Tage. Dann Milica, auch sie streift gerne umher. Bela Dva Srca, Čangi und Dobra übernachten häufig woanders, nicht jedoch Maga. Maga ist so treu wie Moos. Sie kommt nach Hause, wenn ich noch wach bin, frisst etwas und findet sich dann ein ruhiges Plätzchen zum Schlafen, meistens oben auf dem Schrank. Zu Beginn suchte ich die entlaufenen Katzen im Dorf und im Wald, betrat verlassene Häuser und Scheunen, hatte Angst und Sorge, schlief schlecht, wachte bei jedem Geräusch auf, ging nachts in den Garten und rief sie ... Mittlerweile gehe ich sie nicht mehr suchen, wenn sie nicht da sind. Jetzt habe ich nur noch Angst und Sorge, schlafe schlecht, rufe sie im Garten, und wenn sie zurückkehren, wenn ich sie im Garten umherlaufen sehe, dann ist das wie der Pfeifton einer Dampflokomotive.

Ich sage Pfeifton einer Dampflokomotive, weil ich nicht viele andere Geräusche kenne, die so sehr ein Entzücken auszudrücken vermögen wie dieser Ton. Jammerschade, dass Dampflokomotiven nicht weiterentwickelt wurden, dann wären heutzutage die Städte weniger verschmutzt, und auf den Straßen wäre nicht mehr überall hysterisches Hupen zu hören, sondern das Echo freudiger Pfeiftöne. Aber andererseits, wer hätte daran so viel verdient und könnte nun die ganze Welt in der Hand haben, wegen eines Treibstoffs, der im Überfluss vorhanden und leicht zugänglich ist?

Das Unbekannte

Ich lese den Text eines Philosophen. Eines lebenden, bekannten Philosophen, der sich mehr Mühe mit seinem Ruhm gibt als mit seinen Ideen. Der seine Arbeit seinem Ego überlassen hat und nun gemeinsame Sache macht mit Pop-Sängerinnen, Influencern, Fernseh-Meteorologen, Reality Show-Stars und ähnlichen Leuten, die Instant-Erfolg und Bekanntheit anstreben. Und da ist sie auch schon, seine Instant-Philosophie, ohne Alkohol, Koffein, Gluten und Weisheit.

Scheiß drauf, denke ich mir und schmeiße die Zeitschrift in den Korb mit den Holzspänen und dem Papier für den Ofen. So werden sich die Zeitschrift und der Text darin endlich des Holzes würdig erweisen, das ihretwegen gefällt wurde, nämlich indem sie im Feuer aufgehen, sich in Gas verwandeln und somit dem ewigen Kreislauf der Materie beitreten.

Aus irgendeinem Grund scheuen die Philosophen heutzutage wichtige existenzielle Themen. Es sind eher Dichter, Ökologen, Mathematiker, Physiker, das Unsichtbares Komitee und Ausgestoßene diverser anderer Zünfte, die sich zu solchen Themen äußern. Zusammen mit den Lehren aus den vorigen Jahrhunderten, von China und Japan über Persien und Griechenland bis nach Rom – das ist das Material, das die durch Überdosis an Medienkonsum und totale Trivialisierung abgestorbene und zerstörte Gehirnzellen wiederzubeleben vermag. Die Trivialisierung ist omnipräsent, wie Luft. Jeder trägt zumindest ein kleines Teilchen davon mit, in seiner Jackentasche, im Kühlschrank, auf dem Bücherregal im Wohnzimmer, im Kleiderschrank. Sie, die Trivialisierung, ist unsere dunkle Seite, die illegale Mülldeponie im Wald, Gletscherschmelze, Pandemie eines Virus und der Armut.

Das ist so eine riesengroße Scheiße, mein lieber Kodo, sage ich, das kannst du dir gar nicht vorstellen.

Kodo schreckt aus seinem Schläfchen hoch, schaut mich an und wedelt mit dem Schwanz. Er ist einverstanden. Wir beide sind uns bei den meisten Dingen einig, außer bei der Frage, wie lange unsere Spaziergänge dauern sollen. Kodo wünscht sich, unsere Spaziergänge mögen viel, viel länger dauern als die eine Stunde am Morgen und die eineinhalb Stunden am Nachmittag, sowie das fünfzehnminütige Gassigehen in der Nacht. Also werfe ich meine wisdom-free Philosophie in den Korb mit den Holzspänen und dem Papier für den Ofen, ziehe mir Jacke und Schuhe an. Kodo wartet schon bei der Tür.

Wir gehen ins Leben, mein Alter, sage ich zu ihm, während ich die Tür aufmache, heute gönnen wir uns einen Extraspaziergang, das haben wir uns beide verdient.

Schon im nächsten Augenblick ist er um die Ecke verschwunden und läuft zum Wald.

Wenn ich ins Unbekannte reisen will, sehne ich mich nicht nach der Ussuri-Taiga, den entlegenen Tälern des Hindukusch, einem Nebenarm des Flusses Kolyma oder etwas in der Art. Ich begebe mich einfach in den Wald hinter dem Haus. »Das Unbekannte« ist kein Maßstab für Entfernung. Monatelang kann ich den Wald rund um mein Haus durchstreifen, ohne zwei Mal denselben Weg zu nehmen. Wenn die Anzahl der Möglichkeiten, zweiundfünfzig Spielkarten anzuordnen, sechzigstellig ist, wie viele Stellen hat dann die Zahl, die angibt, auf wie viele Arten man einen Wald mit Tausenden von

Bäumen durchwandern kann? Einen Wald, in dem drei ganz besondere Bäume wachsen.

Mein Herz schlägt höher, jedes Mal, wenn ich die drei riesigen Kastanienbäume sehe. An vielen Stellen ist die Rinde schon ab, was an das abgewetzte Fell eines alten Bären erinnert, die Äste, die näher am Boden sind, sind trocken und abgebrochen, an vielen Stellen stehen Stümpfe heraus, aber die Bäume sind dennoch lebendig und schön. Drei Männer bräuchte man, um den Baumstamm zu umarmen, so alt sind diese Bäume. In unmittelbarer Nähe zu den Menschen so lange zu überleben – das kann nur etwas, das der Mensch nicht benützen kann, woran er kein Geld verdienen kann. Die Häuser in dieser Gegend sind aus Eiche und Kastanie, also wird die Kastanie als Baumaterial sehr geschätzt, auf unterschiedliche Weisen verwendet, und daher wurden zahlreiche Kastanien abgeholzt, um die Bedürfnisse der Menschen zu befriedigen, und dennoch sind diese drei Riesen von Sägen und Äxten verschont geblieben. Niemand hat sie getötet, um Bretter aus ihnen zu machen. Warum? Welche Absicht, welche Güte, welches Wunder hat sie vor dem Fällen bewahrt? Ich weiß es nicht. Und es interessiert mich auch gar nicht.

Ich setze mich auf die Erde neben einen der drei Riesen, mit dem Rücken lehne ich mich gegen den moosbewachsenen Baumstamm, und schon einige Minuten später durchströmt mich die Ruhe. Geh zur Kiefer, wenn du wissen willst, was eine Kiefer ist, hat jemand einmal gesagt. Sei eine Kiefer, murmle ich, sei eine Kastanie, sei die Brise im Wald, sei der Traktorlärm, sei Kodo, der mit seiner Schnauze auf dem Boden einer Duftmarke folgt und im Dickicht verschwindet. Ich stelle mir vor, die Ruhe, die ich spüre, ist die Ruhe des uralten Kastanienbaums, ich stelle mir vor, ich sei, indem ich ihn berührte, mit ihm verschmolzen, bin er geworden. Der

Selbstbetrug ist stark, er ist die Lüge, die niemanden verletzt und mir Trost spendet. Alle Fehler, alle traurigen Augenblicke, Abschiede, Krankheiten, Todesfälle, all das ist in der anderen Welt geblieben, dort, wo Baumstämme und Menschen gefällt werden, wo man an Zahlen glaubt, Vögel in Käfige sperrt, Wölfe und Bären ins Gehege, wo man Bienen tötet und Sterne nicht anschaut. Ich sitze auf dem Laub, zwischen Farnen, Haselnuss- und Brombeersträuchern, im Duft der Erde, in der Welt der drei Kastanien, wo Bäume, Menschen und Tiere frei leben, und zwar so lange, wie es in den Sternen steht.

Hätte Matsuo Bashō das Glück gehabt, diese drei Kastanien zu sehen, dann hätte er sein Reisetagebuch *Auf schmalen Pfaden durchs Hinterland* ihnen gewidmet, und nicht nur der Kiefer von Takekuma. Diese drei Bäume hätten das verdient.

Nachdem ich
Wildkirschen gepflanzt hatte,
kam ich, die drei berühmten
Kastanienbäume zu sehen.

Dobra und Wittgenstein-Zen

Nachdem Sjena mir damals Wittgenstein unter die Nase gerieben hatte, beschloss ich, mir den *Tractatus* anzuschauen. Vielleicht könnte man auch dort etwas Interessantes erfahren.

»Wenn man unter Ewigkeit nicht unendliche Zeitdauer, sondern Unzeitlichkeit versteht, dann lebt der ewig, der in der Gegenwart lebt. Unser Leben ist ebenso endlos, wie unser Gesichtsfeld grenzenlos ist.«

Dann lebt der ewig, der in der Gegenwart lebt – dieser Gedanke hallt durch die Zeit wider, von den Veden über die Sutras und die Lehren des Zen, bis zu Wittgenstein und auch nach ihm.

Ich schaue Dobra zu, wie sie isst. Sie geht in dieser Handlung auf, voll und ganz in der Gegenwart, fokussiert auf ihr Essen. Sie nimmt ein dehydriertes Trockenstück, knabbert, schluckt, nimmt, knabbert, schluckt … Sie schaut sich nicht um, sie schaut nicht aus dem Fenster, sie liest kein Buch, sie denkt nicht darüber nach, dass Maga sie heute Morgen angegriffen und über den Hof gejagt hat, sie starrt nicht aufs Handy.

Sie isst.

Der unangenehme Zwischenfall mit Maga verflüchtigte sich schnell. Dobra sorgt sich nicht darum, ob es heute Abend wieder Futter in ihrem Napf geben wird. Welch eine Verachtung gegenüber der Ewigkeit gehört dazu, wenn man ständig in der Vergangenheit herumwühlt und sich um die Zukunft sorgt.

Dobra hat noch nie von Wittgenstein gehört, und es ist ihr auch egal. Sie kennt auch den Zen-Buddhismus nicht, sie weiß nicht, dass gerade das Leben an diesem Ort und im gegenwärtigen Augenblick, also im Hier und Jetzt, ein Mantra ist, das in den Ansprachen der Zen-Meister, in den Koans, Mondos und Gedichten immer wieder aufblitzt. Dobra kennt nicht die Gedichte von Dschelaleddin Rumi über das Schilfrohr, das vom Trennungsschmerz geplagt ist und nicht in das Geheimnis eingeweiht ist und dem Mund und Atem keinen lieblichen Klang zu entlocken vermögen. Dobra interessiert sich nicht für Philosophie, Mystik, Literatur und ähnliches Zeug. Würde sie sich mit diesen Dingen beschäftigen, dann würde sie den Augenblick verpassen, den Augenblick, in dem sie lebt, den einen einzigen Augenblick, in dem Leben möglich ist.

Dobra lebt in der Ewigkeit, sie lebt die Ewigkeit.

Das Geräusch des fallenden Schnees

Wie sehr möchte ich hören
in den Wäldern Shinodas
im alten Tempel
wenn die Nacht voranschreitet
das Geräusch des fallenden Schnees!

Meister Hakuin Ekaku schrieb diese Verse, und ich konnte sie nachts sehen und hören. Nach einigen warmen Tagen schneite es in der Nacht. Ich saß lange am Feuer und las, ab und zu stand ich auf und ging zum Fenster, um dem Schnee beim Fallen zuzusehen. Ich hatte nicht Hakuins Verse gelesen, sondern etwas anderes, aber seine Worte waren in meinen Ohren und Augen.

Bela Dva Srca schlief auf dem Boden neben dem Ofen. Ihr Fell scheint federleicht, weiß wie Neuschnee. Wenn sie miaut, hört man sie nicht, man merkt es nur an den Bewegungen ihrer Schnauze.

Der Morgen brach an mit einer leuchtenden, gefrorenen Decke. Diese begann zu schmelzen, sobald die Sonne in die Höhe stieg. Gedämpftes Brechen und Bersten des schmelzenden Schnees, Tropfen und Wassergeplätscher in der Regenrinne. Zu Mittag lag der Schnee nur noch auf den nördlichen Vordächern und Berghängen, am frühen Nachmittag war er vollständig geschmolzen, verdunstet.

Es ist Ende Februar.

Snyder bei Feuer im Ofen

Welchen Nutzen bringt dein Gedicht Milton by Firelight,
Snyder?
Während ich es lese, verpasse ich
die Bussarde
die Eichelhäher im Obstgarten
den Specht auf dem Baum
die Meisen in der Krone des Pflaumenbaums
die Katze, die mit der Maus spielt,
und die Wolken über dem Tal.

Ich lese in deinem Gedicht, wie die Eichelhäher krächzen
und der Kaffee kocht,
höre dabei, wie die Bussarde sich über meinem Dach etwas
zurufen,
höre das Krächzen des Eichelhähers
das Knattern des Spechts und dann Schläge
mit dem Schnabel auf den Baum
das Brabbeln der Meisen kommt und
geht wie die Meereswelle
die Maus hört auf zu quietschen
die Wolken schweben lautlos.

Deinen Gedichtband lege ich auf den Boden
einen Holzscheit lege ich ins Feuer nach
mit einer Tasse Tee gehe ich hinaus in den Garten
ich will Bussarde, Wolken, Eichelhäher, Specht, Meisen sehen,

ich will sehen, welche Katze die Maus erlegt hat,
ich will mit meinem ganzen Wesen
in das gleiche Gedicht eintauchen
in das du mit der Sprache eingetaucht bist.

Jeffers und Jeffers

Heute verbringe ich wieder Zeit mit Jeffers. Eine angenehmere Gesellschaft kann ich mir kaum vorstellen. Jeffers, so nenne ich den Raben, der manchmal auf den alten Kirschbaum fliegt, der allmählich austrocknet und nicht mehr lange Früchte tragen wird, und sowieso könnten nur Vögel diese Früchte aufpicken. Der Rabe fliegt also auf den Ast des alten Kirschbaums und verkündet der Welt, er sei am Leben. Verweilt er dort länger, lese ich für uns aus Robinson Jeffers vor. Angenehmere Augenblicke kann ich mir kaum vorstellen.

»Lehnt euch an den stummen Fels, bis ihr sein heiliges Leben spürt,
Laßt eure Adern erkalten, seht auf das schweigende Sternenheer,
erklimmt mit euren Augen
Die große Leiter aus dem Schacht eures Ich und der Menschheit
Die Dinge sind so schön, eure Liebe wird euren Augen folgen;
Die Dinge sind Gott, ihr werdet Gott lieben, und nicht vergeblich,
denn was wir lieben, zu dem werden wir, Teil seiner Natur.«

Jeffers sitzt auf dem Kirschzweig und hört zu, ich lese gerne Jeffers für Jeffers vor, dann fliegt Jeffers weg, mein Blick folgt ihm, eines Tages werde ich ganz bestimmt auch ein Rabe sein.

Ich habe den Eindruck, Maga und Bela Dva Srca mögen Poesie, zumindest geben sie mir nie zu verstehen, sie hätten genug davon, denn während ich ihnen vorlese, liegen sie ganz ruhig in ihrem Lichtquadrat auf der Veranda und warten auf Zugabe.

In der Abenddämmerung beginnt der Froschgesang, die Frösche werden bis zum Morgengrauen singen. Es ist ein Liebeslied, die Frösche paaren sich. Beim Hinausgehen in den Garten muss ich gut aufpassen, die Tiere sind überall.

Gestern Abend, als ich mit Kodo Gassi ging, wäre ich um ein Haar auf ein Froschmännchen auf der Suche nach einem Weibchen getreten. Ich erblickte es im letzten Moment im Lichtstrahl der Taschenlampe und trat knapp neben ihm auf den Boden. Er ließ seinem Unmut freien Lauf, es klang wie, hey, pass doch auf, wo du hintrittst. Kodo schnüffelt nur kurz an den Fröschen, für ihn sind sie nicht besonders interessant. Für die Katzen auch nicht. Ich frage mich, wo die Frösche die Tage verbringen.

Warum singt die Drossel?

Manchmal breche ich in Tränen aus. Es ist nicht die Traurigkeit, ein Todesfall oder etwas Ähnliches, das mich zum Weinen bringt. Es passiert in ganz gewöhnlichen Alltagssituationen. Ich höre Musik, fühle mich gut, und plötzlich beginne ich zu weinen. Die Musik setzt etwas in meinem Inneren in Bewegung, sie zerlegt mich in die kleinsten Teilchen und setzt mich auf eine andere Weise wieder zusammen, und schon fließen die Tränen. Diesmal war es »The Köln Concert« von Keith Jarrett, das mich zum Weinen brachte. Ich weine nicht wegen meiner Erinnerungen, auch wenn ich mich noch gut erinnern kann an ein gemietetes Zimmer in einer Stadt im Nordwesten Deutschlands und an die Italodeutsche, die in diesem Zimmer wohnte, wo ich vor vierzig Jahren zum ersten Mal das Klavierspiel von Keith Jarrett gehört hatte.

Auch der Gesang eines Vogels, eine Autosirene von weit weg, das wellenartige Rauschen des Waldes im Wind können mich ganz und gar zerlegen und wieder zusammensetzen. In solchen Augenblicken fühle ich ganz deutlich, warum Nietzsche weinte.

Ich fühle es, aber ich kann es nicht mit Worten ausdrücken.

Abstrakt zu sprechen ist leicht, aber die Dinge mit Worten zu erklären ist sehr schwer, sagte Meister Kyōsei.

Es ist sehr schwer, die Worte so anzuordnen, dass sie in die Tiefe eindringen können,
bis zum Knochenmark.

Die Drossel singt im Gebüsch.
Nietzsche weint.
Stephan W. Hawking behauptete, das Weltall würde in zehntausend Millionen Jahren kollabieren.
Die Venus leuchtet auf dem Nachthimmel.
Maga schnurrt.
Ich schreibe.
Die Tränen bleiben Nietzsches und mein Geheimnis.

Der Meteoritenschweif

Heute morgen zog eine glänzende Kugel über den Himmel im Südwesten, hinterließ eine Lichtspur, explodierte und ging in einer Rauchwolke auf. Die Explosion war ohrenbetäubend, wie ein Donnerschlag in unmittelbarer Nähe, aber der Lärm kam nicht nur vom Himmel, sondern auch aus dem Wald und aus dem Tal. Die Fenster erzitterten. Kodo sträubte das Fell und knurrte dumpf. Milica verzog sich hinter die Scheune. Ich schaute zu, wie der Rauch allmählich mit dem Himmelblau verschmolz. Die Gegend versank wieder in der Stille.

Später meldeten die Nachrichten, ein fünf Tonnen schwerer Meteorit sei in einer Höhe von dreißig Kilometern in der Atmosphäre verglüht. Gut möglich, dass einige kleinere Stücke auf der Erdoberfläche gelandet waren.

Am Abend leuchtete an der gleichen Stelle die Venus. Ganze Schwärme von Sternen. Zumindest heute Abend würden sie, wenn man Hawking Glauben schenken durfte, nicht kollabieren.

Dasselbe galt hoffentlich auch für mich.

Man sagt, ein Weg führt zu jedem Punkt, neben dem er verläuft. Und erst wenn wir den letzten Schritt getätigt haben, können wir wissen, wohin wir unterwegs sind. Ich bin froh, dass ich es noch nicht weiß. Dass ich noch gehe. Ich hinterlasse keine Spuren. Ich habe kein Ziel. Ich muss nirgendwo ankommen. Ich hege keine Absichten, habe keine Wünsche. Ich gehe nur.

Glossar

Weißenfelser Seen	Laghi di Fusine, Seen im Dreiländereck von Österreich, Slowenien und Italien
Dovje	Ein Dorf in der Gemeinde Kranjska Gora in der Region Oberkrain in Slowenien, liegt an den Südhängen der Karawanken auf einer Höhe von 703 m.
Jakob Aljaž	1845–1927, römisch-katholischer Priester und Komponist
Triglav	Die höchste Erhebung der Julischen Alpen; mit 2864m der höchste Berg in Slowenien
Zhuangzi	»Meister Zhuang«, ca. 365–290 v. Chr., ein chinesischer Philosoph und Dichter. Ein berühmtes, zu Teilen von seiner Hand stammendes Werk wird ebenfalls »Zhuangzi« genannt und zählt zu den Hauptwerken des Daoismus.
Sjena	Schatten; im Original großgeschrieben wie ein Eigenname

Kolo	Reigentanz der Südslawen, wird meist bei sozialen, kulturellen oder religiösen Festen getanzt.
Bela Dva Srca	Zwei Weiße Herzen
Utrina	Ein Wohnviertel im Staddtteil Novi Zagreb-Istok. Es wird von der Avenija Dubrovnik auf der Nordseite, der Ulica Savezne Republike Njemačke auf der WEstseite, der Ukraijinska ulica auf der Südseite ujnd der Sarejevska cesta auf der Westseite begrenzt. Zählt insgesamt ca. 7700 Einwohner.
Quaerneroli	Bezeichnung für die 12 kroatischen Mitglieder der Expedition, die größtenteils aus der Kvarner-Bucht stammten
Rakija	Schnaps. Obstbrand, der durch Destillation vergorener Früchte hergestellt wird.
Zagorje	Kroatisches Hochland, eine Gegend nördlich der Hauptstadt Zagreb; die Verwendung des Kajkavischen ist dort weit verbreitet, was bedeutet, dass das Fragepronomen »was« nicht, wie sonst üblich, »što« lautet (»Štokavisch«), sondern »kaj«.
Gemišt	Wein mit Mineralwasser aufgespritzt; beliebtes Getränk im Sommer